CHRISTEL NOIR

LA CONFESSION DES ANGES

ROMAN

À Rose, Suzanne et Marthe
Pour Marie-France

J'étais une femme sans homme ; je suis devenue un ange sans ailes.

Ça ne s'est pas fait du jour au lendemain. Mais presque. Je pataugeais dans l'incertitude, je doutais des autres, ma vie était sans but. Et soudain, une histoire impensable m'est tombée dessus et m'a entraînée au fond du gouffre, avant de me faire remonter beaucoup plus haut que prévu.

Tout a commencé il y a treize jours… Les événements, les émotions, les pièges et les révélations que j'essaie, à présent, de reconstituer…

Premier jour

J'ai quitté l'homme que j'aime. Le train roule depuis une heure environ. Le front posé sur la vitre, je regarde le paysage défiler. Mais mon attention s'envole bien plus loin que cette succession de champs jaunes et verts ; plus loin que l'alignement de ces arbres aux bourgeons à peine nés ; plus loin que ces grappes de maisons accrochées à flanc de colline. Mes pensées abandonnent Alexandre pour laisser remonter le passé auquel il avait fait écran depuis huit mois. Huit mois d'un bonheur amnésique qu'il a fait voler en éclat d'une seule phrase.

Je ferme les yeux. Et je me souviens.

Je vois cette femme menue qui me prend dans ses bras. L'enfant que j'étais entend murmurer des paroles de tendresse ou de reproche. Toujours les mêmes.

L'étreinte se desserre peu à peu. Alors j'incline la tête. Le visage de ma mère est un masque. Ses yeux sont légèrement marqués par des rides de sourire, mais son regard est une flèche de glace qui me transperce le cœur.

Je lâche prise et me tourne pour faire face à un homme qui, un genou à terre pour se mettre à ma portée d'innocence, ouvre déjà ses bras pour m'accueillir. Ses mots chuchotent l'adoration qu'il me voue et l'urgence de franchir les quelques pas qui nous séparent encore. Je me précipite alors et, une main posée de chaque côté du visage de mon père, j'applique mon front tout contre le sien pour unir notre vision. Nous ne voyons plus rien, mais nous ne faisons qu'un.

Ils étaient partis tard de Paris. Trop tard. À cette époque de l'année, le gel s'attache obstinément à l'asphalte. Papa aurait dû se méfier. Dans le virage, la voiture a fait une embardée et a glissé en silence quelques instants, juste avant de s'encastrer dans un cèdre. Avec mon père et ma mère à l'intérieur. Il y en a qui ont dit que c'était peut-être leur destin. Mais c'était quoi mon destin, moi, alors ? Perdre mes parents pour Noël ?

De cette nuit, Hanna, ma grand-mère, en parle encore. Il paraît qu'au moment où la voiture entamait son ultime danse, son corps s'est figé et qu'elle a entendu la voix de son fils : « Au revoir, maman. À plus tard ». Des trucs pareils, c'est impossible, mais je ne dis rien à Hanna, parce qu'on ne doit pas dire ce genre de vérité aux vieux, ça perturbe la réalité qu'ils se créent pour durer paisiblement. Les vieux, c'est comme ça. Ça s'invente des histoires comme les enfants. Pour se rassurer. En plus, pourquoi mon père aurait-il parlé à sa mère plutôt qu'à sa fille ?

Moi, de cette nuit, je ne me rappelle qu'une chose. Le téléphone qui a sonné. Et j'ai décroché. C'était un gendarme. Mes parents étaient morts sur le coup. Je n'ai pas compris tout de suite ce qu'il disait. Mais ce que j'ai saisi, c'est que je n'avais plus que cette vieille dame sur terre, debout en face de moi. En un coup de téléphone, elle devenait ma seule famille. Elle a dit qu'elle voulait s'occuper de moi, m'apprendre le monde, me préparer à la vie. J'ai dit oui. J'avais dix ans.

Elle n'a pas pleuré. Moi non plus. Hanna a juste souri et a dit : « Pars sans crainte, mon enfant. Monte un peu plus haut, monte vers la lumière sans regrets parce que, en bas, tout se passera bien. »

C'est certainement là qu'ont débuté ses divagations. Quand elle a commencé à parler dans le vide.

Le train ralentit, délitant mes souvenirs. Dans le haut-parleur retentit la voix du contrôleur :

— Mesdames, Messieurs, nous allons entrer en gare d'Avignon : AVIGNON, trois minutes d'arrêt.

Je me lève et attrape le sac de voyage posé à mes pieds pour rejoindre la porte de mon wagon. D'un bond, je me retrouve sur le quai. Je respire un grand coup pour goûter pleinement le parfum du Midi. Mon visage s'illumine. J'adore cette arrivée qui ravive les souvenirs à chaque fois, bouscule ma notion du temps et désamorce mon quotidien et sa banalité.

Je me dirige vers la sortie de la gare. Un vieil homme est debout près d'une 404 blanche stationnée de l'autre côté de la rue.

— Salut, Gérard !

— Bonjour, Olivia. Avez-vous fait bon voyage ?

— Très bon, sauf à la fin. J'ai fait un vilain flash back sur mes parents…

— Ah, bon.

Mon histoire n'a pas l'air de l'intéresser. Je croyais Gérard fataliste, mais là, il fait plutôt dans le désabusé. Je n'insiste pas et change de sujet.

— Alors, quoi de neuf dans la région ?

Je m'installe à l'avant de la voiture. Au rétroviseur est accroché un chapelet qui, lorsque le véhicule roule, devient métronome. Au sommet d'une pile de contraventions, fixée par une ventouse, une image représente la Vierge Miraculeuse qui me sourit. Je dépose discrètement une caresse sur son visage. On ne sait jamais, parfois ça peut porter bonheur. Et moi, j'en ai vraiment besoin, en ce moment, de bonheur.

Gérard se glisse derrière le volant, claque sa portière. Et la voiture démarre dans un bruit rauque et poussif.

Dans ce taxi collector, où je me retrouve une fois par mois, je discute avec Gérard de la pluie et du beau temps. Cet homme est d'une modestie maladive, qui se traduit souvent par des lieux communs. Sa voix diffuse une détresse sereine qui a, sur moi, un effet parfois très stimulant. Il est fondamentalement gentil malgré son pessimisme inné, confirmé par l'expérience. Ainsi, ce petit gros aux contours harmonieux pense que « la vie n'est qu'une suite de cataclysmes envoyés par le Ciel pour rompre la monotonie des jours et transcender notre impuissance ». Évidemment, avec ce genre de discours, ceux qui ne possèdent pas la Foi, contrairement à lui, se perdent immanquablement en route. Lui, tient son cap à travers les tourmentes de la vie, qu'il commente avec une certaine jubilation. J'adorerais arriver à ce degré de zénitude. Mais sans son look. Son visage ovale est encadré de cheveux mi-longs poivre et sel, et il porte des lunettes demi-lune rouges, accrochées sur un nez rond. Tout chez lui surprend, jusqu'à sa chemise à carreaux coincée dans un pantalon bleu clair, le tout maîtrisé dans la région du sternum par un gros ceinturon, qui souligne volontiers l'arrondi de son ventre. Il ressemble un peu à un clown.

Mais en triste.

Une certaine complicité s'est tissée entre nous au fil des trajets. Parfois il me raconte des secrets de son passé. Je n'y comprends jamais rien, tellement il parsème ses histoires de références religieuses. Alors je lui pose des questions, et il me répond, et je ne comprends pas plus, mais je vois bien que ça lui fait plaisir quand je m'intéresse. Cependant, je chéris surtout ce rendez-vous parce qu'il est comme l'antichambre roulante d'un autre monde, celui de l'enfance et du bonheur en vase clos.

Dommage pour Gérard, aujourd'hui, je n'arrive pas à me passionner pour son homélie. Par bouffées successives, la mélancolie m'asphyxie. Et cette plainte étouffée qui, à cet instant, se fait si perçante transforme l'amertume en douleur acide. Même si quelques semaines me séparent de ma rupture avec Alexandre, la désolation de mon cœur continue à mâchurer le présent avec constance. En tirant un trait sur lui, j'ai puni cet homme de son égoïsme aveugle, mais par là-même, je me suis aussi infligé la peine capitale. J'ai dû choisir. J'ai choisi. Notre histoire est finie, il est sorti de ma vie et cette décision me plonge dans un abandon infini. Lorsque nous avons décidé de prendre un appartement à deux, Alexandre a eu peur et s'est réfugié dans les bras d'une autre femme. Face à cette trahison, j'ai perdu la tête, mais la colère des premières heures a fui pour laisser place au déchirement résigné qui m'abîme depuis. Il m'a dit que « la vie, tu sais, c'est la liberté ». J'ai bien compris que la liberté, dans sa bouche, était synonyme de fuite et de nouveauté, pour lui, le passionné de belles carrosseries et de poitrines avantageuses. Malgré sa lâcheté, je n'arrive pas à oublier l'amour qu'on a vécu. Parce qu'il m'a aimée. Je le sais. Parce que je l'aime encore. J'en suis sûre.

Tiens, c'est peut-être la raison de mon flash back parental, dans le train. Une projection de mon esprit ressuscitant l'homme qui aurait dû continuer à m'aimer, me protéger et certainement me mettre en garde contre Alexandre. À méditer.

Mon ventre se serre quand nous passons le portail. Tout au bout de l'allée, j'aperçois la maison entre les arbres. Elle a plusieurs styles : un peu espagnol, un peu normand et même une touche militaire, genre caserne des Invalides. Surprenant pour la région. Elle est carrée, ses murs sont blancs et ses volets couleur jade. Une glycine grimpe le long de la façade. Sur la gauche, se détachent de la pelouse soignée une table et des chaises. Cette partie du jardin est bordée de fleurs qui, même si elles paraissent domptées en massifs, se laissent aller à leurs rêveries buissonnières. Là, se mélangent roses, œillets, pivoines et fleurs des champs. J'adore les fleurs des champs. Elles poussent où elles veulent, où elles doivent — j'aimerais être comme elles.

Gérard arrête la voiture devant le perron. Encore un week-end au pays du troisième âge — voire quatrième pour certaines. Mais je dois bien ça à Hanna.

Une silhouette se détache de l'obscurité de la maison. Elle franchit le seuil et, au grand soleil, apparaît une petite femme aux cheveux d'écume ondulant comme autant de vaguelettes sur une mer calme, remontés dans un chignon à peine indiscipliné. Il laisse échapper quelques mèches rebelles qui mettent en valeur la nuque fine et délicate de ma grand-mère.

Hanna était une très belle femme autrefois, comme en témoignent les quelques photographies qu'elle conserve de sa jeunesse, à titre d'aide-mémoire. Contre la déperdition des souvenirs, ça doit marcher, parce qu'elle divague moins que ses copines. Ses traits gardent encore le souvenir de cet éclat accentué par sa peau diaphane. Seules quelques rides trahissent son âge, comme pour mettre en valeur l'intensité de son regard bleu nuit. Elle a dû en faire tourner des têtes, et pas celles d'indécis comme Alexandre, elle, si petite, si fluette, si fragile. Et si déterminée, en même temps.

Vêtue d'un ensemble pantalon de lin, Hanna respire la noblesse de sa naissance russe. Dans toute son allure, on discerne une distinction authentique.

Je monte les quelques marches qui nous séparent.

— Bienvenue, ma chérie !

Les mêmes mots que d'habitude. Pourtant j'ai l'impression que quelque chose est différent, aujourd'hui. Hanna me regarde bizarrement. Est-ce moi qui ai changé, ou son regard sur moi qui n'est plus tout à fait le même ? Peut-être que l'infirmière ne m'a pas tout dit au téléphone. Je lui souris pour ne pas égratigner sa joie de me voir, sa douceur.

Perdue en pleine nature, la résidence des Pierres Vives compte quatre pensionnaires — toutes des femmes —, une infirmière et le jardinier Joseph, qui habite le vieux pavillon donnant sur la route. Rarement visible et toujours taciturne, Joseph vit avec Gérard, sans que personne sache la nature exacte de leurs relations, amitié ou plus. « On voit les choses de la même façon, lui et moi » est la seule confidence à laquelle se soit laissé aller Gérard, un jour. À mon avis, c'est un couple, mais ils ne veulent pas faire leur coming out auprès des pensionnaires. Ils se feraient peut-être virer. Et à leur âge, pour retrouver un job, ce n'est vraiment pas gagné. Voire impossible.

Normalement, les invités doivent loger dans leur maison de gardien. Ces anciennes écuries reprennent les couleurs de la bâtisse principale, avec le jade des volets, le blanc des murs et la glycine qui souligne d'un trait de fleurs le faîte des fenêtres. Mais j'ai passé un accord avec Gabrielle, et l'infirmière m'a accordé ce passe-droit une nuit par mois pour que je reste avec Hanna. Cela dit, les autres vieilles ne reçoivent jamais de visite et, en plus, elles m'adorent, alors pourquoi s'en priver. Néanmoins, pour remercier Gabrielle, je lui rapporte, au gré de mes escales, des petites poupées typiques de chaque pays. Elle en fait la collection.

Hanna glisse un bras sous le mien.

—Alors, comment se sont passées ces dernières semaines ?

Je m'efforce de donner le change, en lui disant que ça va très bien, ce qui est totalement faux, que j'ai plein de choses à lui raconter. Et ça, c'est vrai.

Nous grimpons l'escalier de pierre pour aller dans sa chambre. La première volée de marches se termine par un palier recouvert de tomettes irrégulières, mal fixées et certainement très dangereuses pour les cols du fémur. À l'étage, se trouve une enfilade de pièces réparties de part et d'autre d'un long couloir menant à une unique fenêtre, qui laisse pénétrer la lumière à travers le feuillage.

Arrivée dans la chambre d'Hanna, je dépose mon sac sur une chaise.

— Je reviens de chez toi.

Hanna me regarde fixement. J'ai fait mouche ! Une fierté se devine sur son visage, accentuée par une expression solennelle et curieuse à la fois. Je fais face à cette petite femme qui a su tenir son rôle de seconde mère sans jamais cesser d'être une vraie mamy. Son pendentif porte-bonheur m'aveugle soudain, renvoyant les rayons du soleil qui percent à travers la fenêtre. Je détourne la tête. Je sens qu'Hanna attend la suite avec une curiosité émue, alors évitons les effets de style.

— On m'a inscrite sur les vols Paris-Moscou. J'y suis allée trois fois ce mois-ci et, pour la dernière rotation, il y avait deux jours au sol. Je suis allée voir ta maison natale, c'est devenu un magasin de vêtements. Un peu ringards, d'ailleurs.

Hanna a l'air déçu de ce que je lui raconte. Moi, ça m'a fait étrange d'aller là-bas, parce que c'était comme une maison familiale que je n'avais jamais connue. Mais aussi parce que mon père avait, un jour, voulu racheter cette maison. Et qu'il n'en avait pas eu le temps. C'est peut-être pour ça qu'Hanna est triste. Elle se souvient.

Elle pose sa main sur mon bras :

— Donc tu es retournée sur les traces de ton père… Tu l'as senti ou tu l'as *vu* ?

Non, pas maintenant, pas déjà, s'il vous plaît ! Je viens juste d'arriver !

— Tu as pris tes cachets, mamy ?

Elle me caresse la joue.

— Je sais, mais ne t'inquiète pas : il y a un temps pour tout.

Hanna détourne son visage, les larmes viennent d'embuer ses yeux. Je crois que je l'ai blessée avec cette connerie de cachets, je n'aurais pas dû. Malgré ça, elle arrive à grimacer un sourire. Et moi, je m'en veux. Je m'en veux de ne pas avoir assez de retenue, d'abnégation, face à ses pertes de mémoire, face à ses fantaisies, à ses délires de vieille dame en fin de vie. Je crois que j'ai peur. Peur de la perdre. Alors ce n'est pas l'abstraction qui s'impose spontanément à moi, mais plutôt des réactions vives pour la bousculer, dans l'espoir de la garder connectée à ma réalité.

Soudain, une tête jaune paille comme une botte de foin passe par la porte restée entrebâillée.

— Bonjour, Gabrielle !

— Salut, toi ! me répond-elle de son ton enjoué, en entrant dans la pièce.

Au fil de mes visites, je me suis prise d'une véritable affection pour cette femme au visage de gamine, toujours survoltée, qui ne sait jamais dire non à ses canoniques patientes dont elle partage la vie. Je pense que je l'admire. Franchement, moi, je ne pourrais pas vivre 24 heures sur 24 avec de vieilles dames en déroute. Ce qui la sauve, c'est certainement son insolence. Ou son insouciance. Ou les deux. À elle de jongler.

— J'en ai rapporté une nouvelle. Tu vas voir, elle est superbe !

Je farfouille dans mon sac et en ressors une grosse poupée de bois aux couleurs vives.

— Ce sont des matriochkas.

— Génial, je n'en avais pas dans ma collection !

Elle commence à les ouvrir comme un paquet cadeau.

Hanna nous observe, mais je vois bien que son regard est vide. Elle nous a quittées. Ça me rend triste quand elle est happée comme ça, que son esprit part ailleurs. Je me demande toujours s'il se fixe quelque part ou s'il flotte simplement entre deux mondes.

*

De mère slave et de père d'origine française, Hanna avait vécu ses premières années à Saint-Pétersbourg. Son père, diplomate, quitta la Russie en 1938 pour se réfugier de l'autre côté de l'Atlantique. De nature pessimiste, il avait préféré protéger sa famille plutôt que se laisser tenter par un devoir patriotique. De cette enfance en exil, elle n'avait gardé que de bons souvenirs. Elle évoluait dans un milieu d'expatriés choisis, fréquentait autant d'érudits que d'originaux, développant son goût pour les arts et la liberté.

Sa mère avait *son jour* : elle tenait salon chaque mardi. La petite Hanna se faufilait alors entre les jupes des dames pour se cacher dans un coin de la pièce et écouter les grandes personnes. Certains contaient des histoires, d'autres parlaient musique en se laissant porter par la discrète mélodie qui égrenait ses notes sur le phonographe, d'autres encore cherchaient l'avenir dans les cartes ou dans les prophéties du passé. Sa mère remit au goût du jour ces soirées dès leur installation à Paris, vers 1950.

Âgée d'une vingtaine d'années, Hanna découvrit une France en pleine reconstruction, qu'elle ne connaissait que par les récits de son père. À vingt-cinq ans, elle épousa un orfèvre suisse et n'eut qu'un seul enfant, Sacha. Le père d'Olivia. Elle continua à vivre entourée de beauté, d'intelligence et d'insouciance, et perpétua la tradition du mardi pendant de nombreuses années.

Aujourd'hui, alors qu'elle n'avait plus une minute à elle, contrairement aux apparences, ces rendez-vous lui manquaient et elle y pensait avec nostalgie.

Mais là, l'urgence d'agir pour l'avenir d'Olivia ôtait toute importance au passé.

*

Gabrielle a aligné les poupées sur le dessus de la cheminée.

— Elles sont magnifiques ! On dirait une grande famille de femmes qui rétrécit, pour continuer sa lignée dans l'invisible.

J'avais oublié que Gabrielle avait chopé le virus delirium de la maison. Les yeux d'Hanna viennent de se rallumer. Elle est à nouveau parmi nous.

Tant mieux, je n'aime pas quand je me sens obligée de la protéger. Ça inverse les rôles, et moi, je ne suis pas encore prête à ça.

— C'est un joli symbole, soupire Hanna.

Gabrielle piaffe, en sautillant curieusement devant ma grand-mère.

— Elle n'imagine pas à quel point ! On lui dit ?

Leurs yeux entrent en communication dans un dialogue silencieux qui m'intrigue. Soudain, mes acouphènes me parasitent la tête. Encore une migraine. Je ne vais pas y couper à la prochaine visite médicale. Je n'aurai plus le droit de voler. Ils vont me clouer au sol.

Concentrée sur ma douleur, les mains posées sur les tempes, je leur demande de quoi elles parlent, qu'est-ce qu'il faut me dire ? Mais Gabrielle sort brusquement de la pièce, en me remerciant du cadeau. Hanna, elle, remet, d'un geste nerveux, une mèche qui a glissé de son chignon. Contrariée, elle se dirige vers la porte de la chambre et me lance d'un ton sec :

— Faisons une promenade, tu me raconteras la suite de ton voyage.

Je remarque ce nouveau changement chez elle, mais impute son anxiété inattendue au côté envahissant de l'infirmière, qui a colonisé sa cheminée avec les matriochkas. Je ne dis rien et prends le bras tremblant qu'elle me tend. Pour le mal de tête, je verrai plus tard ; l'inquiétude inhabituelle d'Hanna est prioritaire.

Ces promenades restent parfois silencieuses, elles nous permettent juste d'être ensemble l'une contre l'autre, et ça me suffit. Quand Hanna n'est pas ailleurs, on parle de souvenirs, de projets, d'avenir. Le sien se réduit comme peau de chagrin, mais ça ne fait rien, il me fait du bien, même s'il est illusoire. C'est mieux que le mien, qui n'a plus de but.

Dans ces moments-là, le temps n'a pas de prise et j'arrive à connaître petit à petit l'histoire de ma famille. Son histoire à elle, Hanna. Cette vieille dame fascinante, drôle, chic et cultivée, malheureusement par intermittence, depuis quelque temps.

Nous marchons le long de l'allée, entre les figuiers, les pins et les chênes. Parfois, nous revenons avec une poignée de verveine fraîche qui infuse notre soirée. Tout ceci comme un pèlerinage, le même parcours à chaque fois. Ça doit la rassurer. Mais aujourd'hui, j'ai envie que ça bouge. J'ai envie qu'Hanna me bouscule, qu'elle me surprenne, qu'elle me donne un coup de fouet à l'âme ! À la limite, qu'elle m'emmène là où elle va quand son regard se perd.

—Pourquoi ne pas changer de chemin ? Allons vers le lac !

—Non.

Son ton n'invite pas à la discussion, alors je me tais. Mais, sentant mon incompréhension, elle ajoute d'une voix de petite fille, en se cramponnant à mon bras :

—C'est trop glissant, je risquerais de tomber.

J'accepte l'explication. Effectivement, les abords du lac sont très humides. Elle continue, plus mielleuse :

—Alors, raconte-moi un peu ta vie à Paris. Tes voyages, je les connais, tu me les écris. Raconte-moi le reste, tes amis, tes sorties, tes amoureux.

Sa curiosité solennelle me dérange. D'ailleurs, je n'ai pas grand-chose à lui dire, parce que je ne sors pas énormément : un peu de cinéma, quelques soirées avec Laure. Mes livres pour m'oublier dans des aventures de papier, plutôt qu'écouter les gens raconter leurs histoires de jobs et d'enfants, plutôt que lire des journaux mélangeant les massacres et le pouvoir d'achat ou, pire, regarder cette télévision devenue le miroir des téléspectateurs, celui où ils pensent racheter leur égoïsme en pleurant sur les maladies des autres. Ils me font pitié avec leur charité assignée à résidence. Au moins, dans mes romans, aucune déception. Que de l'imaginaire.

—Donc rien de concret ! Mais la vie n'est pas faite de lectures ! Il faut s'amuser ! Il faut aimer ! L'amour est le sens de la vie ! Trouve-le, autrement tu passeras à côté de ton existence. Tu as bien des chevaliers qui viennent frapper à la porte de ton donjon, au moins ?

Ça y est, c'est reparti avec le Moyen Âge. Un jour, je lui demanderai comment était sa garde-robe de l'époque, je suis sûre qu'elle enchaînera.

—Je ne fais pas dans l'équestre, mamy. Les chevaliers dont tu parles ont des chevaux cul-de-jatte, ou ils se trompent de donjon.

En disant ça, je sens une pointe d'aigreur qui me gêne. Je baisse les yeux et observe un moment mes chaussures. Hanna creuse la brèche que je viens d'ouvrir et reprend d'un ton rassurant, presque enveloppant, en me tirant un peu plus fort contre elle :

—Parle-moi de lui…

—De qui ?

— De celui qui tourmente le cœur de ma petite-fille, par exemple.

Je redresse la tête et plante mes yeux obscurcis droit devant, là où les champs de lavande et les vignes esquissent les contours des collines, au delà de la maison. Je me sens perdre pied dans un tourbillon d'émotions non contrôlées. Et Hanna, elle, se tait. Elle vient de toucher le point sensible, et elle se tait. J'ai toujours attendu le moment propice pour lui parler d'Alexandre, et voilà qu'il faudrait en parler au passé. Je ne suis pas encore disposée à me laisser aller aux confidences sur ce chapitre de ma vie. Un silence s'installe et chacune se fixe sur ses pensées, le regard à la dérive.

Allez, on fait la trêve. Je ne reste que deux jours, alors autant profiter de ma mamy. Le mois dernier, sa préoccupation était de créer un club culture. Je vais la rebrancher là-dessus :

— Et toi, tu as réussi à imposer ton idée de salon littéraire à tes copines ?

— Oh ! Ça me semble assez difficile de retrouver ces moments avec des vieilles femmes qui ne savent plus lire, et une jeune infirmière qui pense que Marcel Aymé est un joueur de foot, John Steinbeck une star de feuilleton américain…

— … et Confucius une marque de lingerie !

Le rire nous détend. Il est temps de rentrer. Et mon mal de tête a disparu.

Ève, toujours la première, s'est déjà installée au bout de la table dressée à l'extérieur et attend avec un certain agacement que les autres pensionnaires arrivent. Elle est la plus ancienne de toutes. Ses proportions généreuses incitent aux câlins, mais son ton autoritaire rappelle bien vite qu'elle est fille de général. Le bon côté de la chose est qu'elle organise toute la maison de main de maître, au plus grand soulagement de chacune. Sauf de Gabrielle peut-être.

Paola et Myriam arrivent du fond du jardin. D'un geste naturel d'affection, Myriam me prend dans ses bras. Je sens sa peau rêche et crevassée de vieille dame qui a trop aimé le soleil, ainsi qu'une odeur âcre de feu de bois imprégnée dans ses cheveux courts. Sa voix éraillée, d'avoir trop fumé aussi, me souhaite la bienvenue. Paola reste à l'écart et m'envoie un baiser de la main. Je la trouve changée, détachée, lointaine. C'est toujours mauvais signe chez les vieux quand ils se mettent à l'écart, quand ils se replient sur eux-mêmes, quand ils font boule.

Toutes s'asseyent aux côtés d'Ève, qui leur fait remarquer leur retard. Et toutes s'excusent machinalement, comme pour sacrifier à un rituel.

Malgré sa mine renfrognée et son ton bougon, Ève paraît ravie de me voir :

—Tu as maigri, ma petite ! Il faut manger un peu plus, bientôt on ne te verra plus !

—Ça ne risque pas de t'arriver, à toi. Laisse-la un peu tranquille, grince Myriam. Chacun mange selon son appétit ! Regarde, toi… Si on t'obligeait à te rationner.

—Ah ! Ça ne va pas recommencer ! Tu m'as enquiquinée sur mon poids toute la matinée. Un peu de repos, s'il te plaît !

—Très bien. Paix à ton cholestérol !

Pendant que les deux autres s'affrontent, m'épargnant ainsi une réponse sur mes kilos en moins pour cause de chagrin d'amour, je prends place sur le siège en face de Paola. Elle a l'air transparent, elle qui semble si solide d'habitude. Surprenant mon regard, Hanna me glisse à l'oreille :

— Elle sort d'une mauvaise grippe, mais ça va aller. *Tout suit son cours.*

À nouveau cette lueur différente dans les yeux d'Hanna. Je ne l'aime pas, cette lueur vitreuse, elle me fait peur. Je crains qu'elle n'annonce le départ de la seule personne qu'il me reste. Mon attention se reporte à l'autre bout de la table, sur les vieilles qui se chamaillent.

— Ah, non ! proteste Ève. Vous avez encore acheté du pain régime !

— Du pain tout court, réplique Gabrielle avec lassitude. Sans noix, sans olives ni lardons.

— C'est bien ce que je dis, grommelle Ève. Si je me laisse faire, on finira aux biscottes sans sel.

— Il paraît que c'est délicieux, trempé dans le Vittel, déclare Myriam, en se servant un verre de rosé.

Le déjeuner se déroule comme tous les déjeuners dans cette maison, avec beaucoup de piques plus ou moins bienveillantes, qui se terminent immanquablement en éclats de rire. J'observe ces quatre femmes. Je crois que j'aimerais bien leur ressembler, un jour. Dans longtemps. Avoir conservé la même gaieté, la même vivacité, le même enthousiasme, qu'elles vous dressent comme des boucliers pour se protéger, qu'elles érigent en valeurs refuges, face au monde extérieur. Le reste du temps, elles s'absentent, elles oublient, elles se soignent. Une vie paisible, quoi. Dommage que ça n'arrive que quand on est vieux. Je les envie : une petite amnésie, ça m'arrangerait en ce moment. Refoulant les pensées mélancoliques qui pointent, je vais chercher le dessert à la cuisine.

*

—Elle n'est pas encore tout à fait prête, dit Hanna.

Leurs yeux se tournent vers Paola.

—Moi non plus, répond-elle avec nostalgie, d'une voix douce et posée. Heureusement.

Et un sourire de concentration apparaît sur leurs visages sans âge.

*

Dans la cuisine, Gabrielle nettoie le plan de travail. Elle fredonne un air entraînant aux paroles incompréhensibles. Je l'observe du coin de l'œil, en finissant de mettre des fruits dans une corbeille.

—C'est joli. C'est quoi ?

—C'est ma chanson quand je suis contente.

—Alors, tu la chantes tout le temps ?

—Oui, tout le temps, parce que la vie n'est que malheur et désespoir, alors je suis heureuse tout le temps.

—Comment peux-tu être heureuse du malheur ?!

—C'est le seul moyen de changer le cours des choses. Bientôt, tu comprendras toi aussi que…

Elle laisse sa phrase en suspens, relève la tête et me dévisage, comme si elle avait trahi un secret.

—Tu ne finis pas ta phrase ? Je comprendrai quoi ?

La sonnerie du vieux téléphone à cadran retentit dans l'entrée. Gabrielle lâche éponge et torchon, et file.

—Rien, rien. Je dois aller répondre, on se voit tout à l'heure !

Perplexe, je prends la corbeille de fruits et sors de la cuisine. En traversant le hall, je m'aperçois que l'étagère du téléphone n'existe plus, que le téléphone a disparu. Et pas de Gabrielle à l'horizon.

Pourtant je l'ai bien entendue, cette sonnerie. Gabrielle a dû changer le téléphone de place. Et son cas à elle est beaucoup plus lourd que je ne pensais : « le malheur, seul moyen pour changer le cours des choses ». Il faut absolument que je me renseigne sur les maladies nosocomiales exogènes qui traînent dans les maisons de retraite. Il y a un sérieux problème, on frôle l'endémie, là !

Lorsque je reviens à table, Hanna précise, sans que j'aie rien demandé, qu'elles possèdent chacune un téléphone portable. Elles ont renoncé au téléphone fixe.

—Ce qui ne l'empêche pas de sonner, soupire Ève sur un ton aigre-doux.

Elles éclatent de rire puis, subitement, retombent dans un mutisme léthargique. Heureusement, c'est l'heure des traitements, je vais pouvoir souffler un peu. Hanna et Paola partent se reposer dans leur chambre, Myriam et Ève vont à l'infirmerie au deuxième étage. Je me suis toujours demandé si Gabrielle avait installé son officine là-haut de façon à leur faire faire du step.

Je prends une chaise longue, l'installe sous un arbre et essaie de me concentrer sur le dernier Steve Berry, que j'ai acheté à la gare. Mais mes idées moroses et une foule de questions me hachent la tête. Quel rôle ai-je eu dans la vie d'Alexandre ? Pourquoi a-t-il perdu sa passion ? Est-ce ma faute ? Qu'est-ce que j'ai à me reprocher dans cette déconfiture totale et inattendue ? Plus mon esprit s'embrouille, plus je me dis que je n'ai pas le droit de laisser le comportement d'une personne gouverner ma vie. Mais ma raison est moins forte que mon cœur, en ce moment. Alors je subis. Ma dernière pensée avant de m'endormir est pour mon père. Il me manque. Et, en même temps, je le sens si présent.

*

À la fenêtre de sa chambre, derrière le voilage, Hanna observe sa petite-fille. Des paroles retentissent dans son dos, brisant le silence :

— Ne t'inquiète pas, Hanna, je serai prête quand il faudra. J'ai fait mon chemin, rempli toutes mes missions… J'ai épuisé mes énergies. Je dois partir.

Paola s'est assise sur le rebord du lit et regarde son amie postée devant la vitre. Elle s'exprime avec sérénité, sans tristesse, parce qu'elle sait ce qui l'attend.

— C'est pour Olivia que je m'inquiète.

— Fais-lui confiance. Elle est intelligente et les épreuves l'ont suffisamment préparée. Elle est née pour cela, et tu le sais. Maintenant, apaise ton esprit, il faut préparer ma sortie.

Hanna ne peut refréner un tremblement dans sa voix :

—Et si elle n'était pas assez résistante pour affronter tous ces obstacles que mettent certains pour compliquer notre travail ? Pour nous décourager…

—Arrête, s'il te plaît. Je comprends ton appréhension, elle est ta protégée. Mais il faut accepter ce qui lui est destiné. Nous l'avons toutes fait, chacune avec nos legs de départ. Par ton esprit logique et ton intuition, tu as été notre guide. Par ma volonté et ma patience, j'ai été votre soutien. Par sa moralité et sa fraîcheur, elle sera mon relais. Chacune d'entre nous doit accomplir sa vocation. Nous ne pouvons abandonner ceux qu'on nous désigne, nous devons les aider. C'est tout.

—C'est tout…

Hanna se retourne, enlace son amie et pose sa tête sur son épaule.

—Ne crains rien, d'où je serai, j'aurai les moyens de veiller sur elle.

Ces mots de réconfort transforment le visage d'Hanna. Elle sait ce que Paola fera et l'en remercie. Hanna se détache légèrement :

—Sache que j'ai été heureuse de servir à tes côtés.

—Merci. Maintenant, allons nous reposer, mes dernières nuits vont être courtes.

Paola sort de la chambre, la laissant à sa méditation. Olivia était déjà préparée à son insu, mais Hanna ne pouvait s'empêcher de penser à l'avenir que lui réserverait son engagement. Aimer sans avoir le droit de se fixer, ne pouvoir rester avec ceux qu'on aide… Et la rupture affective que venait de vivre sa petite-fille était certainement le meilleur point de départ pour cette initiation.

*

Le jour décline lorsque j'ouvre les yeux. L'heure entre chien et loup que je déteste. *Les larmes du père*. Ce moment où les enfants versent une larme, tellement ils ont hâte que leur papa passe la porte de la maison. Personne n'a jamais poussé la mienne. Pourtant, j'ai bien attendu. J'ai bien laissé couler mes larmes. Mais ma porte n'a pas bougé.

Des bruits de pas font crisser le gravier. Je me retourne, c'est Hanna.

—Pardon, je me suis endormie.

Hanna s'assied au bout de ma chaise longue. Elle a apporté un châle et me couvre les épaules.

—Les soirées sont encore fraîches à ce moment de l'année.

Elle m'enveloppe d'un geste lent ; je me blottis dans ses bras. Elle me serre contre elle, une main dans mon dos, l'autre glissée dans mes cheveux.

—Ne t'inquiète pas. Je suis là.

—Je sais.

Un parfum délicat s'échappe de la maison.

—Je crois que Paola nous a mitonné un petit plat bien de chez elle !

Paola est originaire du Brésil et adore préparer les spécialités de son pays. Pas toujours bonnes, mais originales. Comestibles, en tout cas.

—Je me suis toujours demandé comment Paola avait atterri ici.

—Parfois, il faut juste suivre ses pas et savoir s'arrêter là où ils t'ont menée. Ne pas chercher à trop comprendre. Je crois que c'est ce qu'elle a fait.

—C'est aussi ce que tu as fait, mamy ?

—Bien sûr. J'ai accepté mon parcours de vie, en accueillant ses différentes étapes, mais sans jamais renier le passé. Et toi ?

—Moi ? Je ne sais pas. De toute façon, je ne sais plus où j'en suis en ce moment, alors...

—Ton âme est peut-être décalée de ton cœur.

Elle me désarme. Pour la deuxième fois, Hanna m'invite à la confidence. Malheureusement, là, je n'ai pas du tout envie de parler.

—Peut-être... Allez, viens, on rentre, elles nous attendent pour dîner. Ici, toutes les journées sont rythmées par vos rituels alimentaires, il faut que je les respecte !

Paola a préparé une *feijoada*, une sorte de cassoulet brésilien. L'aspect du plat surprend l'œil, j'espère juste que ça n'a pas le goût qui va avec... Eh si.

À la fin du repas, pour goûter à ses *docinhos de castanhas*, genres de macarons aux marrons de chez Ladurée en pas très bon, on passe dans le salon.

J'aime bien cette pièce. Elle est spacieuse et ses murs sont couverts d'étagères du sol au plafond. Là, s'alignent toutes sortes de livres racontant l'aventure des hommes à la clarté de leur imaginaire, comme au travers des périodes les plus noires de leur histoire. Leurs reliures de cuir, aux tranches frappées de titres en lettres d'or, offrent un dégradé châtaigne. Ce concentré de mythes et de légendes, de contes et de biographies, de romans et d'études me fascine : j'ai envie de tout lire.

—Allez, ma chérie, dit Myriam, fais nous découvrir tes dernières trouvailles !

Je ramène provisoirement la pièce surannée au XXIe siècle en glissant un CD dans la platine laser que j'ai apportée le Noël précédent. Les notes de Morcheeba éclatent. Étonnées, mais emportées par cette musique appelant à la danse, elles se lèvent les unes après les autres et, dans ce décor de bibliothèque, la scène devient surréaliste : quatre vieilles dames dansent, les pieds nus, ondulant des hanches, se laissant entraîner par le tempo. Gabrielle lève les bras au ciel, je ris à pleines dents, invitant Paola dans une passe virevoltante.

La soirée continue de plus belle et l'infusion laisse place au vin de noix, qui coule juste ce qu'il faut pour nous empourprer les joues. Bien rangés sur les étagères, les livres les plus austères doivent serrer leurs pages pour échapper à ce spectacle au parfum de folie, à l'exubérance provocante.

J'espère que notre fête divinement endiablée fait du bien à mes vieilles. À moi, oui, en tout cas.

Première nuit

La lune est haute quand j'ouvre un œil. La fenêtre est restée ouverte. Soudain, j'entends comme un air de musique. Un oiseau, une radio, les modulations du vent sous les tuiles ? Je me concentre. Petit à petit, le chuintement devient plus distinct : quelqu'un chante dehors.

—Mamy, tu dors ?

Sans réponse, je me redresse et regarde en direction de son lit. Personne. Mon premier instant de panique laisse rapidement place à la curiosité. J'enfile mon jean, ouvre la porte sans bruit, traverse le couloir sur la pointe des pieds ; quelques tomettes disjointes couinent. Je descends l'escalier, passe la double porte vitrée et me coule à l'extérieur.

À mesure que j'avance en direction de la musique, je sens, sous mes pieds, la fraîcheur de l'herbe mouillée. La lune brille assez pour que je puisse me diriger. Quand j'atteins la fin de la première pelouse : silence. Alors, poussée par une énergie inexplicable, une sorte d'appel inconscient, je décide de continuer en direction du lac.

Hanna a raison, le sol est plus glissant quand le chemin s'enfonce dans les sous-bois. À tâtons, je me faufile, me retenant de temps à autre aux branches pour ne pas tomber. Puis le chant reprend. Plus de doute, il vient du lac. Je presse le pas, de peur qu'il ne s'arrête encore. Les plantes et les souches qui jonchent le sol deviennent de plus en plus denses. À chacun de mes pas, le parfum de la forêt humide de nuit se resserre autour de moi. Dans ce décor ténébreux, j'ai la désagréable impression que les plantes m'observent, comme à l'affût. Butant sur une bûche en décomposition, je m'étale de tout mon long en étouffant mes jurons. Ce serait trop bête de se faire repérer alors que je touche au but.

Je me relève, et soudain apparaît devant moi un dôme de verre faiblement éclairé, recouvert en partie de lierre. Le chant se fait plus précis. J'approche à pas de loup et m'agenouille derrière un massif de fleurs. Intriguée, j'avance mon visage vers la vitre. Ce que je vois me fige de stupeur !

Elles sont toutes là. Assises côte à côte sur un banc arrondi en pierre, garni de coussins blancs, Paola, Myriam, Gabrielle, Ève et Hanna, vêtues de robes blanches, se tiennent la main. Les yeux fermés, elles fredonnent une chanson dans un langage incompréhensible. Une seule et même voix sort de leur gorge comme une voix d'enfant d'une pureté angoissante.

Les cinq femmes portent le même collier : une pierre translucide illuminée de l'intérieur. Elles se lèvent et amorcent un mouvement d'ensemble qui paraît soulever leurs pieds du sol. J'hallucine ! C'est quoi ce délire ? Certainement l'insistance avec laquelle je regarde la scène, à travers le verre déformant, il n'y a pas d'autre explication ! Et c'est sûr qu'elles perdent la boule, les ancêtres, si elles se font des afters psychotropes !

À force de regarder, je perds l'équilibre et bascule, heurtant violemment ma tête contre une pierre. Je me redresse étourdie, me tenant le crâne, et regarde droit devant. Là, il n'y a plus rien. Ni lumière ! Ni chant ! Ni dôme ! Ni vieilles en robes de soirée !

Puis tout se brouille devant mes yeux et je m'effondre.

*

À l'abri de la verrière, Hanna fixe la nuit. Myriam souffle :

—Elle devrait entrer.

—Laissons-lui le temps, répond Hanna, avec une confiance un peu forcée.

Les cinq femmes reprennent leur chant. Mais en entendant Olivia s'effondrer sur le sol, toutes se ruent à l'extérieur. Hanna et Paola, affolées, se précipitent auprès d'Olivia, prenant ses mains dans les leurs, tandis que Gabrielle, Ève et Myriam se concentrent sur le vide qui les entoure, envoyant un message silencieux. Soudain, comme surgi de nulle part, Joseph apparaît de derrière les arbres, en poussant prestement une brouette :

—Il faut faire vite !

—Mettez quand même un coussin, elle va se faire mal ! s'inquiète Hanna.

—Pas le temps, lui rétorque Myriam.

Traversant le sous-bois tant bien que mal, la troupe débarque sur les pelouses. Joseph court presque, en poussant la brouette où il a coincé Olivia, bras et jambes ballottant sur les côtés. Derrière lui, les petites vieilles trottinent en file indienne.

—Il ne manquerait plus que ça, qu'on la perde, alors que l'initiation n'a même pas commencé, marmonne Gabrielle.

—Ne parle pas de malheur, la rabroue Myriam.

—On se tait et on avance, commande Ève, en sourdine.

Arrivé dans la maison, Joseph charge Olivia sur son épaule et grimpe l'escalier, Hanna sur ses talons.

—Allez-y doucement.

—Je fais ce que je peux, Hanna.

—Eh bien, pouvez plus, Joseph ! ordonne Ève. Pouvez plus !

—L'impératif de « pouvoir » est inusité, lui fait remarquer Hanna.

—Et alors ? réplique Ève. Quand on veut, on peut !

Dans la chambre d'Hanna, Joseph, hors d'haleine, dépose Olivia sur son lit.

—Joseph, vous devez sortir, maintenant, susurre Myriam. Vous ne pouvez pas regarder.

—Ce serait indécent, précise Paola.

Joseph quitte la pièce, inquiet, laissant le passage à Gabrielle, qui entre dans la chambre avec une bassine d'eau et des serviettes. Myriam, Ève et Paola nettoient alors les pieds boueux d'Olivia, puis lui ôtent son pantalon avant de la glisser sous les draps.

Hanna pose une main sur la bosse, grosse comme un œuf de pigeon, qui déforme le front de sa petite-fille, puis la retire dans un geste vif, et se relève.

Gabrielle, Paola, Ève et Myriam quittent la pièce, l'une après l'autre. Hanna ferme la porte de la chambre, sans un bruit.

Deuxième jour

Je me réveille en sursaut dans un rayon de soleil. Hanna sourit en refermant la fenêtre.

—Bien dormi ?

Je réponds oui, perdue dans les bribes de mon rêve, me massant la tête.

—Tu me rejoins pour le petit déjeuner ?

Et elle quitte la pièce sans attendre de réponse. Je m'étire, ressassant ma découverte de cette nuit. J'ai été témoin d'un spectacle défiant toute raison : cinq femmes chantant des louanges dans un langage inconnu. En lévitation ! Un tour d'illusionniste, un rite, une cérémonie magique ? Qu'ai-je vu réellement ?

Arrivée dans la salle de bain, je me regarde dans le miroir : pas de bosse, ni de pieds souillés de boue. Je hausse les épaules : j'ai rêvé. Le monde onirique est vraiment étrange avec ses allégories incompréhensibles. Pourtant, ça avait l'air si réel.

Quand je rejoins Hanna dans la cuisine, elle coupe des tiges de fleurs. Je bois mon café à petites gorgées, affichant une expression détachée, mais mes pensées s'emballent : je ne vais pas bien du tout, avec ces délires nocturnes et ces maux de tête. Peut-être est-ce la maison qui fait perdre la boule à ses occupantes ?

Hanna continue la composition de son bouquet, en souriant, remuant les lèvres. Elle doit être en train de parler aux fleurs. Il ne faut plus que je cherche à comprendre. Surtout si je pars en vrille, moi aussi.

—Tu prends le train à quelle heure ?

—À midi trente-quatre.

—Alors dépêche-toi, il est déjà dix heures, et j'ai envie de faire quelques pas avec toi.

Notre promenade est silencieuse. Hanna observe la nature, moi, je réfléchis. J'y suis allée trop fort, ces temps-ci. Voilà, c'est décidé, il faut que je réagisse ! 1) Prendre rendez-vous chez le Doc pour mes acouphènes. 2) Rester sobre le plus longtemps possible. Je passe au Champomy. 3) Plus d'herbes aux escales d'Amsterdam, ça m'enfume la cervelle. Tandis que je suis plongée dans mes bonnes résolutions, Hanna revient à la réalité.

—Dis-moi, sais-tu ce qui est le plus important dans une vie ?

—Euh... le plus important ? L'expérience, je pense.

—Non, c'est aimer. Aimer ses proches, aimer les moins proches, aimer la nature, aimer tout ce qui t'entoure, aimer la vie. L'amour est un don, un devoir, un pouvoir.

Hanna joint ses mains dans le dos, ralentit son pas et continue :

—Je sens ton cœur lourd depuis hier et je ne peux rien faire si tu ne te confies pas. Parle-moi d'Alexandre.

Ma gorge se noue. Comment Hanna connaît-elle son prénom ? Elle a fouillé dans mes affaires ou je parle en dormant ? Prise de court, je m'efforce de lui répondre sur le même ton.

—O.K. J'ai quitté l'homme que j'aime, c'est tout. J'ai tiré un trait. Maintenant, lui s'en remet très bien et moi je m'enfonce.

—Parce que tu l'aimes encore.

—Non. C'est faux.

—Mais si, tu l'aimes encore ! Et tourner le dos à l'amour n'est pas une solution, Olivia. Regarde ! Regarde autour de toi, l'amour est partout, l'amour est à la base de tout, l'amour est la création même !

D'un geste ample et vif, elle lève les bras en croix et se met à tournoyer, soulignant le décor qui nous entoure. De quoi parle-t-elle ? Il n'y a rien. Juste des oiseaux qui se battent pour leur territoire. Des insectes qui se dévorent. Des arbres qui luttent avec leurs branches pour se voler la lumière. Et elle, au milieu, qui tourne comme une toupie en dispensant des paroles à l'eau de rose !

—L'amour est inévitable ! Il faut l'accepter avec tout ce que cela implique. Même une rupture est encore une forme de l'amour. Il faut juste savoir ce qu'il faut en faire ! Pour la suite ! Et rien alors ne finit jamais !

—Arrête de tourner, mamy, tu vas tomber. Et cette histoire, c'est bien fini ! Je ne peux pas aimer quelqu'un qui ne veut pas de moi !

—Qui ne veut pas de toi selon tes critères, c'est tout. Cet homme a certainement sa façon à lui de t'aimer.

—En me sautant à mi-temps !? Et en m'oubliant ensuite dans les bras d'une autre !

—C'est ton ego amoureux qui t'inspire ces mots et te fait tant souffrir. Demande-toi plutôt pourquoi tu réagis ainsi.

— Ego ou pas ego, on ne change pas les gens. Et pardon, mais… j'emmerde ce con !

— Mais si, rien n'est immuable, tout évolue ! Et ne dis pas de gros mots.

— Ça ne change rien.

— Bien sûr que si ! Regarde les choses en face. L'évolution est le but. Et si on ne se souhaite pas le meilleur, c'est le pire qui arrive.

Puis Hanna se tait, reprenant son tournoiement. Je n'existe plus. La colère éveillée par cette discussion sur Alexandre étouffe mes mots. Je suffoque. Et j'en ai marre que l'esprit d'Hanna s'emballe pour glisser aussitôt après vers un ailleurs inaccessible. Je veux qu'elle redevienne comme avant. Comme quand elle était claire, concise, normale ! Je la prends par les épaules pour interrompre sa danse.

— Arrête de jouer, mamy ! Je ne te reconnais plus ! Qu'est-ce qui vous arrive, ici ? Et tu me gonfles avec tous tes trucs d'ego !

Hanna repousse mes mains avec une douceur ferme.

— Tout va bien. Va te préparer, maintenant, tu dois partir.

Et elle me plante là, au milieu du jardin, avec ma rage en bandoulière. C'est facile pour elle : elle monologue, elle ne m'écoute pas. Mais pour moi, c'est tellement dur. Je n'arrive plus à encaisser ses lubies, ses divagations, ses sautes d'humeur. Je crois que je vais faire une pause. Je ne sais pas si j'aurai la force de revenir.

*

Au deuxième étage de la maison, Paola dort paisiblement. Ses volets sont tirés et ne laissent entrer que quelques rais de soleil. Sa chambre est rangée, un carton posé au pied du lit, son collier sur la table de chevet.

À quelques mètres de là, dans une grande chambre mansardée où la lumière attise la danse intime des grains de poussière, trois silhouettes sont étendues sur le sol, dessinant une hélice.

Rien ne bouge dans la pièce. Rien n'agite non plus les corps endormis, juste, parfois, quelques mimiques sur leurs visages paisibles.

Au centre de cette hélice, des bougies blanches se consument à même le sol. Ève, Myriam et Gabrielle sont entourées d'un cercle de cristaux semblables à du sel. À la tête et aux pieds de chacune, on distingue une inscription à la craie blanche composée de symboles. Il flotte dans l'air une odeur de jasmin.

Le silence est dense, même si, de loin en loin, quelques murmures se font entendre, provenant de l'une ou l'autre. Leur respiration semble suspendue et le temps arrêté. Pourtant, en elles, tout s'accélère.

*

Je transfère mes vêtements de l'armoire au bagage posé sur le lit. Comme d'habitude, j'en ai apporté trop, pour m'offrir l'illusion de rester plus longtemps. Et les valises à gros ventre, ça rassure. Mais aujourd'hui, je m'en vais avec plaisir. Je suis fatiguée.

Soudain, le battement de la grosse horloge de l'entrée s'arrête. Intriguée, je sors la tête de la penderie, et fixe attentivement la porte restée ouverte. Rien. Silence. Le plus étrange, ce n'est pas que l'horloge se soit arrêtée à cet instant précis, mais plutôt que le son du battement me soit parvenu auparavant, malgré la distance et l'épaisseur des murs. Renonçant à comprendre, je ferme ma valise et sors de la chambre.

C'est à ce moment-là que je la vois. Au bout du couloir, une forme bleutée flotte au-dessus du sol. Tétanisée, le souffle coupé, je regarde cette apparition qui, brusquement, glisse de côté, en laissant derrière elle comme une trace de comète. Le cœur battant, je lâche mon sac et me lance à sa poursuite. Cette fois, je veux savoir à quoi mes vieilles copines s'amusent parce que, là, je suis bien éveillée ! Arrivée sur le palier, la forme bleutée disparaît dans le virage des escaliers montant au deuxième. Je grimpe quatre à quatre les marches et me retrouve face à un couloir similaire à celui du premier. Personne. Je tourne les poignées des portes. Toutes fermées à clé. La dernière s'ouvre. J'entre. Un lit, un bureau, une armoire, un carton et… Paola qui dort.

Je ressors sans bruit. Je fouille minutieusement tous les recoins de la cage d'escalier et du couloir : il faut que je trouve la source de projection de l'hologramme. Rien.

Je descends, attrape mon sac au passage et rejoins le hall, où l'horloge a retrouvé son tic-tac. Je disjoncte vraiment… C'est une maison de fous, ici. Et c'est contagieux.

Hanna, sur le perron, me tend un sachet de papier brun.

—Tiens, tu mangeras dans le train. Tout va bien, ma chérie ?

—Non, mais ça va aller.

Arrivée devant le taxi de Gérard, Hanna prend mon visage entre ses mains, elle me regarde sereinement.

—Je comprends, mais pars le cœur plus léger, Olivia, et efface cette tristesse qui n'est pas la tienne, mais celle d'un autre… Il te manque bien moins qu'il ne te regrette.

—Je suis fatiguée, mamy, je suis si fatiguée.

—*Efface* ne veut pas dire *oublie*. Écoute ton cœur, et ne lui mens pas. Lui ne le fait jamais.

—Je ne comprends pas. Je ne comprends rien à ce que tu racontes.

—Ce n'est pas grave. Tout va bien.

Elle m'embrasse sur le front tendrement. Je m'engouffre dans le taxi. Je la vois dans le rétroviseur : elle est restée dans la cour et regarde la voiture s'éloigner. On m'a confiée à elle, et je suis son bien le plus précieux dans ce monde, malheureusement elle est de plus en plus accaparée par ses délires. Ce n'est pas sa faute, mais ça me fait mal. Maintenant, je la vois tourner la main dans les airs, comme si elle dessinait un cercle autour de la voiture.

Le véhicule remonte l'allée. Un prélude de Chopin sort du vieil autoradio. Soudain, de forts grésillements recouvrent la musique. Mes acouphènes se déclenchent, certainement à cause du bruit. Gérard, affolé, accélère pour freiner brutalement devant la maison de gardien, et hurle :

—Joseph !

Je me redresse, j'ai failli me prendre le pare-brise. Et dans un cri du cœur, je balance au pauvre Gérard que, s'il veut se foutre en l'air, c'est sans moi ! Je n'adhère pas à son fatalisme suicidaire !

Du coin de l'œil, j'aperçois le vieux Joseph qui arrive en courant. Je ne l'ai jamais vu de près. Cet homme immense, robuste et mal rasé se précipite à la portière de Gérard et tend les bras à l'intérieur de la 404. J'essaie de secouer le pauvre Gérard qui s'est statufié, tout en repoussant les bras du vieux qui balaient l'habitacle. Mais Joseph me maintient à distance de sa main démesurée et, de l'autre, arrache le poste de radio d'un coup sec, balançant un « Je m'en occupe », ferme et tragique. Puis, il disparaît à l'intérieur de sa maison.

Je regarde Gérard, ahurie. On vient de lui bousiller sa radio et il a l'air soulagé en contemplant les fils qui pendent du tableau de bord.

— Excusez-moi, mais il ne faut pas rigoler avec ça.

— Avec quoi ?

— Les parasites.

— S'il vous plaît, Gérard, la gare. Vite, la gare ! Merci.

Il redémarre et reste muet jusqu'à la route départementale. Alors, il reprend sa conversation de la veille : les potins du village, le sermon du curé, le coût de la vie, comme si le fait de quitter les Pierres Vives le rendait à nouveau normal.

C'est décidé, je ne reviendrai plus ici. Je ne suis ni Mère Teresa ni Boris Cyrulnik, et je n'ai pas la force nécessaire pour affronter tant de détresse humaine. J'ai trop de problèmes à gérer en ce moment, je ne peux pas assumer la folie des autres en plus.

Pardon, Hanna.

Troisième jour

Une nuit sans rêve. Une nuit de repos. Je me suis endormie dans le fauteuil du salon, le plaid glisse à mes pieds. Je m'étire et regarde mon univers avec l'impression de ne plus être en phase avec ce qu'il y a autour de moi. Depuis que je suis rentrée, je n'arrête pas de penser à ce qui s'est passé aux Pierres Vives : mon rêve de femmes en lévitation, le comportement d'Hanna, ma colère et surtout cette décision de ne plus y retourner. Pour l'instant. J'ai le cœur à vif, mais il faut que je tienne le coup. Pour ne pas couler avec l'eau du bain. Le bain d'Hanna.

Depuis ma rupture avec Alexandre, quelque chose a changé, comme si je ne contrôlais plus rien. Même plus mes rêves. C'est quoi ces cauchemars à répétition où je vois mes parents ? Tiens, qu'ils reviennent un peu quand je suis bien éveillée et je leur dirai les choses de mon passé, tout le mal que je leur dois, à ces parents déserteurs ! Et le monde à la dérive qu'ils m'ont laissé en héritage ! Et cette forme bleutée de l'escalier, c'était quoi ? Un reflet du soleil ? Un hologramme ? Plus j'y pense, plus je crois que c'était réel. Tout ça, ce n'est pas normal, j'ai l'esprit qui bat de l'aile.

Je quitte mon lit improvisé, énervée, et descends à la salle de bains tout en me déshabillant. Devant la glace, j'inspecte ma nudité. Mon corps reflète un équilibre que je suis loin d'éprouver. Des hanches rondes, de longues jambes trop fines et des seins lourds, rien de parfait, mais de l'harmonie. Je laisse couler l'eau tiède sur ma peau, puis noue une serviette autour de ma taille avant de remonter au salon. Mes cheveux mouillés, collés aux épaules, dégoulinent encore. Les gouttes d'eau suivent leur chemin le long de mes courbes comme pour mieux les souligner. Je me sens inutilement belle.

Tout en me servant une tasse de café noir, je jette un œil à l'horloge : 6 h 45. Encore quelques minutes avant de remplir mon sac et de filer à l'aéroport. C'est une semaine chargée. Une partie du personnel fait grève ; la direction m'a affectée aux courts courriers. Je ne vais pas arrêter, une valse d'allers-retours à servir, au pas de charge, des voyageurs low cost qui se croient en classe affaires.

Je regarde chaque coin de la pièce. Rien à dire, j'ai eu une vraie chance de ce côté-là. Mon malheur a fait des petits. Fonciers. Mes parents étaient assurés, j'ai investi. Et voilà ! J'ai un petit duplex aux derniers étages d'un vieil immeuble du 9e arrondissement. On entre dans une chambre qui a un petit balcon, une salle de bains juste au pied d'un escalier en colimaçon qui monte vers un salon au plancher en lattes de bengué, qui se perd au-delà de la pièce, jusqu'à la terrasse devenue jardin. Le décor est assez dépouillé. Lorsqu'on m'en fait la remarque, je me contente de dire qu'il faut le minimum quand Paris s'offre à vos pieds et le ciel à vos yeux. Mais c'est faux. Je n'ai pas l'argent pour décorer comme je le voudrais. Et ça ne risque pas de s'arranger avec la lettre du banquier que j'ai reçue hier, me fixant un rendez-vous. *A priori*, il ne veut pas discuter déco, mais plutôt découvert et mise en demeure. Mais de quoi puis-je me plaindre ? J'ai tout, comme dit mon amie Laure : je suis orpheline, j'ai un bel appart', un vrai job, pas de tune, une grand-mère qui pète un câble et même un chagrin d'amour vivant à me passer en boucle pour me prouver que j'existe. Je ne vais quand même pas m'apitoyer sur mon sort !

7 h 00. Je saute dans mon tailleur bleu, attache mes cheveux à peine secs, me colore de quelques touches de maquillage, fourre mon nécessaire de survie dans une sacoche que je passe en bandoulière, prends mon casque, mon blouson et claque la porte.

Dix minutes plus tard, je roule sur le périphérique en direction de la porte d'Orléans, à califourchon sur mon scooter rouge.

La route défile sous mes roues, je suis concentrée sur la circulation, mais subitement les images de mon incroyable rêve de grand-mères volantes m'embrouille l'esprit.

Stop ! Plus de rêve ! Du concret ! Je veux me recaler dans ma vie, me remettre en phase avec le monde ! Et pour ça, il faut que je trouve une explication rationnelle à ces cauchemars qui me plongent au fond du gouffre. J'ai peut-être un problème d'oreille interne, une tumeur qui me comprime le cerveau ? Il faut que je passe un scanner… Mais, si je n'ai rien et que je raconte au Doc mes hallucinations nocturnes, je vais me retrouver en hôpital psychiatrique pour bouffées délirantes !

Arrivée dans le sous-sol du hall 1, j'attache mon scooter, puis sors mon téléphone portable et appuie sur la touche “mémoire 2” :

—Allô, Laure, c'est moi.

— Salut, ma grande ! Ça va ?

— J'ai besoin de te parler. Tu finis à quelle heure, ce soir ?

— Vers vingt et une heures. Tu veux que je passe ?

— Oui, je crois que j'ai un sérieux problème.

— Te tracasse pas, si t'es au creux de la vague, monte sur la crête, y fait meilleur. En plus, j'suis là pour les petits bobos, alors passe une bonne journée, j'mettrai un pansement ce soir !

— Merci, à tout à l'heure.

J'ai élevé au rang de *meilleure amie* la petite Laure aux yeux bridés et aux longs cheveux noirs. Elle habite le même immeuble que moi, au premier. Laure est un être solaire, mais concret, doté d'une gravité enfantine, qui a adopté la dérision comme écran total. Entre nous, tout se dit. Souvent, nos discussions ne sont que des monologues alternés, que l'autre entend sans broncher avant de rendre son verdict et d'indiquer la meilleure marche à suivre face au problème en cours. En ce début de printemps, Laure s'est habituée à mes one-woman-show sur Alexandre, et ne cache même plus ses bâillements. Ce soir, changement de sujet. On part chez Freud. Ce qu'elle va entendre va la réveiller.

Je marche vers les ascenseurs pour rejoindre la salle des départs.

— Hé ! Olivia !

Je soupire, comprenant que c'est Solange. La grande rousse me rattrape. Tout en faisant claquer ses talons sur le sol, elle enchaîne :

— Waouh ! Tu as une sale gueule, ce matin ! Tu as passé un mauvais week-end, toi ! Encore une histoire de mec ?

— Non, non, ça va.

Solange marche maintenant à ma hauteur. Je ne suis pas vraiment enchantée de la voir. On m'a collé en binôme la fille la plus bavarde que cette terre ait portée. Une vraie calamité, quand on a envie de s'abstraire un peu.

— C'est génial, on va passer la semaine ensemble ! On pourra papoter tranquille !

— Ouais, c'est super...

Nous traversons le hall, où une foule de personnes stressées, tirant leurs valises, se bousculent au milieu des enfants qui braillent et des portables qui sonnent. J'assimile la voix de Solange au brouhaha ambiant, ne prêtant plus aucune attention au récit de sa fin de semaine survoltée.

Après le briefing, nous nous installons derrière le comptoir d'embarquement. Eh oui, dans ces compagnies low cost, on est multifonctions ! Solange s'empare du micro et trille d'un ton emphatique à hurler de rire tellement elle prend ce job au sérieux.

— Mesdames, Messieurs, votre attention, s'il vous plaît. Nous allons procéder à l'embarquement du vol 6632 à destination de Nice. Nous invitons les personnes munies d'un titre d'embarquement allant des rangs 17 à 32 à se présenter porte 10.

Mécaniquement, j'introduis les billets dans la machine jusqu'au dernier. O.K. C'est parti pour le premier des quatre trajets de la journée. Je pense très fortement « plus que trois » pour me donner du courage.

Le vol se déroule normalement, avec son lot de casse-pieds, d'enfants coule-du-nez, de femmes hystériques et exigeantes. Une rotation de plus. Tellement sans surprise.

Au cours du troisième décollage, en pleine démonstration des consignes de sécurité, le cou engoncé dans un gilet de sauvetage et les bras arrimés aux cordelettes, j'admets pour la première fois que l'exaltante perspective à la base de ma vocation a peu à peu laissé place à une répétition ennuyeuse. Plus d'ivresse, plus d'ardeur. Un train-train quotidien qui se lirait bientôt sur mes traits. Je ressemblerais alors à toutes ces hôtesses en fin de course, aigries et geignardes. Ce job est peut-être une des causes de ma déprime ? Non ! Je ne veux pas ! Dans mon gilet de sauvetage, je sens en moi des relents de liberté qui me rappellent à l'ordre. Non ! Ne pas subir ! Ne pas se laisser faire !

Je me décoince du plastique jaune et boucle ma ceinture pour le décollage. *A priori*, mes rêves d'évasion ne sont plus dans le ciel.

Lorsque je passe enfin la porte de mon immeuble, il est 21 h 30. L'excitation de retrouver Laure a succédé à la lassitude des rotations. Je veux comprendre ce qui m'arrive et ma copine va être ma meilleure alliée pour remettre les choses à leur place.

—Salut, toi ! Alors, ta journée ?

Laure m'attend, assise sur une marche, en train de feuilleter un magazine. Je l'embrasse et ouvre la porte.

—Viens.

Après avoir jeté nos sacs sur le lit, nous grimpons à l'étage.

—Alors, raconte ! Toujours cette andouille d'Alexandre ? Il te fait du retour de flamme ?

—Lui ? Il est juste l'incarnation vivante de ma douleur. Non, je rigole, ce n'est pas ça.

—Je sens qu'on va encore parler de cette maladie transmissible par les hommes et honteuse pour les femmes qui s'appelle l'Amour. T'as donc un nouveau mec ?

—Tu n'y es pas du tout. Ça tire plus vers le paranormal freudien.

—Mais l'amour relève toujours du paranormal. Surtout dans ton cas.

—Je ne sais pas par quoi commencer.

—Ben, par le début. Dans l'ordre, le désordre, peu importe, mais raconte ! dit-elle en se vautrant sur le canapé.

Je débite d'un trait le récit de mon week-end, sans omettre un seul détail. Laure demeure dans une attitude perplexe durant tout l'exposé. Reprenant peu à peu son pragmatisme intransigeant de programmatrice en informatique, elle se relève et se plante devant l'ordinateur, tandis que j'ouvre une bouteille de vin.

—Ça veut forcément dire quelque chose, non ? Des rêves comme ça, ça n'arrive pas du jour au lendemain ?

—Sûr, c'est le stress : ta rupture avec Alexandre, la vieillesse d'Hanna, donc la peur de te retrouver en solo, et je sais de quoi je parle, et maintenant ton banquier qui s'y colle. Ça fait beaucoup, tu trouves pas ?

Je suis dépitée. Elle a tellement raison, tout me tombe dessus, en ce moment. Je crois que je vais me mettre en congé-maladie, ça me fera une pause.

Voyant ma mine, Laure enchaîne, compréhensive et combattante.

—Dans ton histoire, y a trop de variables, alors on va chercher, on va éliminer pour rétablir les constantes, O.K ? Parce que des mémères volantes, jamais entendu parler dans la symbolique psy.

Laure me fixe étrangement, et poursuit :

—Mais sache que je ne remets pas en cause ton histoire... Sauf si tu m'avoues maintenant que ta grand-mère fait pousser des plantes bizarres au fond de son jardin et que tu t'es convertie aux drogues dures.

—Je ne fais que dans la molle.

—O.K. Alors on mène l'enquête concrètement dans le concret. Je n'suis pas pour la catharsis des rêves qui te raconte que ton subconscient, contre ta volonté, te gangrène la vie, pour ton bien. Alors on vérifie. Adresse et cadastre, si on fait dans la maison hantée. Arbre généalogique de ta famille et antécédents médicaux, si on fait dans la malformation cérébrale ou dans le délire cognitif génétique. Noms et prénoms de toutes tes ratatinées, symbolique des pendentifs qu'elles portaient et liste des sectes de la région. Tu vois autre chose ?

—Pourquoi tu parles de sectes ?

—Parce que les hologrammes qui te fabriquent des fantômes bleutés et les mantras magiques qui te foutent sous hypnose pendant que tu dors, c'est typique de c'que font les sectes pour recruter des membres.

—Mais attends, je te parle de ma grand-mère et de ses copines.

—Justement, elles ont été recrutées et elles recrutent à leur tour.

Les bras m'en tombent. La connexion internet est établie. Laure entre l'adresse que je lui donne et lance la recherche sur *Google Earth*. Une photo satellite du domaine des Pierres Vives apparaît sur l'écran. Laure zoome. Je reconnais le pavillon de Joseph et Gérard, le lac et le ponton, mais je ne vois pas la maison principale. Laure m'explique que c'est normal. Ça dépend de l'heure à laquelle ils ont pris la photo. Là, sur ce cliché, les ombres des arbres cachent certainement la baraque. J'acquiesce, un peu troublée par l'absence de la grande maison, mais rassurée de voir que le dôme en verre n'existe pas, car aucun arbre alentour n'est susceptible de le cacher.

Laure lève le nez en direction de la terrasse :

—Dis donc, y a un animal à plumes qui nous mate.

Par-dessus l'épaule de Laure, j'aperçois un oiseau blanc qui nous observe, perché sur l'une des branches du tamaris.

—Y a des colombes à Paris ? s'étonne Laure.

—Il y a bien des mouettes.

—Bon, revenons à nos moutons.

Laure se concentre à nouveau sur l'ordinateur et tape sur son clavier « SECTE ». Aussitôt apparaît sur l'écran une liste de 165 000 sites.

—Waouh ! On n'est pas sorties de l'auberge !

—On en a pour des jours…

—Bon, on fait du café et on épluche tout ça. Ça commence à m'exciter ton histoire. J'sais pas si c'est de l'envie ou de la curiosité, mais je fonce !

Elle me regarde plus gravement.

—Pour te rassurer, je vais planifier les recherches.

Vers trois heures du matin, Laure éteint l'ordinateur après avoir imprimé quelques dizaines de feuilles. Elle se love dans le canapé et s'endort immédiatement.

La colombe de la terrasse s'envole dans un froissement d'ailes à peine esquissé. Alors, je sombre presque aussitôt.

Troisième nuit

Au milieu d'un désert, je vois quatre femmes se donner la main, une autre plane au-dessus du demi-cercle ainsi formé. La scène baigne dans une clarté lunaire.

En baissant les yeux, je distingue une sixième, à genoux devant les autres. De sa bouche sort un jet de lumière. La femme à l'haleine fluo se retourne lentement pour me faire face. Je me retrouve devant moi-même !

À l'arrière-plan de la scène, je découvre que c'est ma grand-mère qui flotte dans un halo bleuté, au milieu des autres corps éthérés. Toutes portent le pendentif iridescent. Hanna me tend les bras comme pour m'accueillir, un bijou identique à la main. J'avance lentement, la main tendue, prête à saisir son offrande, mais je lâche aussitôt le bijou : il est brûlant !

Quatrième jour

Je me réveille en sursaut et regarde ma main à la lueur de l'aube. La paume est rouge vif, mais je n'ai aucune sensation de douleur. J'allume la lampe du salon, et secoue énergiquement Laure, encore endormie :

—Regarde !

Je lui fais comparer mes deux paumes.

—Quoi ? Qu'est-ce qu'y a ?

Je regarde à nouveau : la rougeur a disparu.

—Il est quelle heure ?

Je lui raconte mon rêve. J'ai besoin de son aide pour décrypter.

—Tu veux pas faire un café, plutôt ?

Je me précipite sur la cafetière, remplis deux bols et les enferme dans le micro-ondes. Quelques secondes plus tard, j'en offre un à Laure qui s'est rendormie.

—T'as entendu ce que j'ai dit ou il faut que je recommence ?

—Vas-y, je peux écouter, mais ne me demande pas de réfléchir parce que, pour moi, c'est encore le néant cérébral, à c'te heure-ci.

Tout en reprenant le récit de mon cauchemar, je m'aperçois que le souvenir d'Alexandre ne m'a pas effleurée de la nuit, ni au réveil, d'ailleurs. C'est toujours ça de gagné.

—Ah oui, j'oubliais : je voyais mon haleine et elle était, comment dire, phosphorescente.

—J'arrive pas à décoder le fantasme, là. Du vomi de lumière ? Quoique, si elles t'ont fait bouffer des champignons hallucinogènes, ça devient logique. T'as plus qu'à attendre que l'effet se dissipe.

Je vais me préparer. Lorsque je remonte, moulée dans mon uniforme d'hôtesse, Laure est en face de l'ordinateur, son corps tout maigre perdu dans un tee-shirt trop grand pour elle, ses longs cheveux noirs retenus par un crayon.

—Bon, pour toi, aujourd'hui, c'est plateaux-repas dans les nuages. Moi, je m'occupe de finir les sectes et j'me penche sur les symboles de ton rêve.

Juste avant de refermer la porte, j'entends Laure crier depuis l'étage supérieur :

—Je pense quand même qu'il vaudrait mieux que tu te trouves un mec !

*

Aux Pierres Vives, Joseph est en train de piler des ardoises dans un mortier pour renforcer le bleu des hortensias.

Soudain, l'autoradio qu'il avait arraché au tableau de bord de la 404 de Gérard, posé sur une étagère, s'allume. Joseph s'arrête net en entendant les parasites, mêlés de larsens, former des sons à peine audibles.

—… vous… n'aurez… pas… le… cinquième… ange…

D'un coup de pilon, Joseph atomise l'autoradio. Gérard, qui entre dans la cuisine en serrant la ceinture de sa robe de chambre, s'immobilise, consterné.

—Ben, t'es con, c'est un modèle d'époque. Tu devais juste le décontaminer.

À ce moment-là, le vieux poste à galène qui trône sur le buffet se met en marche à son tour, et la voix grésille à nouveau parmi les parasites :

—... elle... est... à... nous...

Gérard bloque le bras de Joseph qui a brandi son pilon.

—Non ! Laisse ! Ce n'est pas en les faisant taire qu'on les neutralisera. Au contraire.

Joseph bouscule Gérard pour attraper sa blouse de jardinier, et sort précipitamment.

Dans la cuisine faiblement éclairée, Myriam, Hanna, Ève et Paola prennent leur petit déjeuner.

—Ah... il est tellement beau, soupire Gabrielle, en entrant dans la pièce. J'aurais bien passé un peu plus de temps avec lui.

Ève, agacée, avale tout rond ce qu'elle a dans la bouche, au risque de s'étouffer.

—Tu ne vas pas encore mélanger le travail et le plaisir !

—Et qu'a-t-il de particulier, celui-là ? grince Myriam, à qui sa dernière mission n'a laissé que des cernes de déception.

—Il est grand, beau, gentil, intelligent. Bon d'accord, super paumé dans une vie très très compliquée, mais...

Hanna, amusée, ouvre le réfrigérateur pour prendre la plaquette de beurre.

—Et lequel de ses fantasmes as-tu choisi pour te présenter à lui ?

—Poster *Playboy*, pourquoi ? Ça me change un peu.

Un silence grognon plombe la tablée de vieilles dames.

—Son problème se situait là, d'ailleurs, reprend Gabrielle. Il fallait que je lui fasse comprendre qu'une créature de rêve peut aussi cacher une femme brisée, qu'il avait le pouvoir de réparer.

Ève lève les yeux au ciel :

—Perdre son temps, costumée en poulette…

—Ça vaut bien la fois où tu t'es retrouvée déguisée en trapéziste, la taquine Hanna à mi-voix.

—Non, ce n'était pas du tout la même chose ! s'insurge Ève, faussement indignée par la comparaison. Ce n'est pas le costume qui fait la mission. Quand je pense à l'entraînement que ça m'a demandé. Elle, elle n'a eu qu'à se prélasser dans un physique d'emprunt.

—Et alors ? réplique Gabrielle, « prélasser », d'abord, ce n'est pas le terme : cette mission a été cruellement rapide.

—Normal, ronchonne Ève.

—Ah bon ! Et pourquoi ? s'emporte Gabrielle, une tranche de jambon à la main.

—On te confie des cas plus simples, c'est tout. N'y vois pas la preuve de ton efficacité, réplique Ève en lui piquant sa tranche de jambon.

—Nous y voilà, poursuit Hanna. L'ego, toujours l'ego.

—C'est vrai ça, Ève ! Pourquoi, à tes yeux, mes cas sont-ils toujours moins bien que les tiens ?

—Tes missions sont peut-être moins *subtiles* parce que tu es débutante, Gabrielle, voilà tout, observe Myriam avec une perfidie suave.

La bouche pleine, Ève ne veut pas lâcher prise. Elle asticote Gabrielle d'un ton doucereux.

— On en reparlera quand tu auras fini ton stage chez les effrénés de la débauche et que tu seras confrontée à de vrais problèmes, comme les anorexiques par exemple.

— Ça, ma grosse, ça n'a pas dû t'arriver souvent.

— Allez, assez perdu de temps avec ces disputes de gamines ! tente Hanna pour apaiser les tensions.

Paola, assise en bout de table, paraît fatiguée et bien loin de la conversation qui échauffe ses amies.

— Le temps... Le temps, c'est un privilège d'en avoir assez pour le perdre...

Les quatre autres se taisent et se tournent vers Paola, qui rougit de ses paroles, un peu gênée, puis précise :

— Enfin, dans ce monde-ci.

Dans la cuisine de la grande maison, quatre vieilles dames et une jeune femme, tout en dévorant des tartines beurrées, s'affrontent, tel un jury en salle de délibération, à coups d'histoires de cœur et de missions de confiance.

C'est à ce moment-là que Joseph frappe aux carreaux.

— On a un problème.

*

Ma journée se déroule comme celle de la veille, avec une Solange en proie à la même frénésie de confidences, des passagers encore plus rasoirs, des repas tout aussi expédiés, et mon gilet de sauvetage pour lester mes rêves. Mais ce n'est pas important. Ce qui compte, c'est de retrouver

Laure au plus vite pour éliminer les problèmes qui plombent désormais ma vie.

À peine la porte de l'appartement franchie, je vois le post-it de Laure collé sur l'écran. Elle s'absente le temps de passer chez M. Wong, le traiteur chinois. Elle a bien avancé.

Prenant d'une main les pages griffonnées en pattes de mouche posées sur le bureau, j'attrape de l'autre assiettes, verres et le reste de Bourgogne de la veille, que je dépose mécaniquement sur un plateau.

Sans bruit, Laure surgit dans le salon. Sa voix me fait sursauter.

—Salut, ma louloute ! T'as commencé sans moi ?

—Non, j'arrive à peine. Tu as avancé, alors ?

—Ouais, j'suis assez contente de moi, d'ailleurs.

Elle pose sur la table de la terrasse les sacs-repas et enchaîne :

—Après comparaison des pratiques et rituels, on peut tout de suite laisser tomber la secte Moon et la Scientologie. Les Témoins de Jéhovah aussi, avec leurs prédictions apocalyptiques.

—T'as raison, elles sont dans l'ensemble du genre super positives : l'amour, c'est la vie, et il se trouve en tout !

—Ouais, un peu facile, mais bon. Les Évangélistes, on élimine parce que je vois mal Hanna vouloir conquérir le monde. La secte Esclaves et Lubriques, ça, ça m'étonnerait. Trop vieilles, les mémères. Hum… est-ce qu'elles paient quelque chose à quelqu'un ?

— Je n'en sais rien. Certainement un loyer et les salaires des employés.

— O.K., je lancerai une recherche auprès du cadastre pour savoir qui possède les murs. La secte des Nouveaux Alchimistes, ça te dit ?

— Jamais entendu parler, mais je pense qu'on pourrait peut-être voir de plus près les mages et les fées…

Je bredouille ça sans être vraiment convaincue, mais l'idée qu'Hanna puisse sortir tout droit d'un conte de fées ravive soudain des arrière-goûts de mon enfance que la vie s'était chargée de me faire oublier.

— Et les sorcières ! Ne pas oublier les sorcières ! conclut Laure, le nez dans son bol.

Sans réaction de ma part, elle redresse légèrement la tête. Quelques nouilles gluantes pendent de sa bouche, qu'elle aspire d'une succion. Je la scrute, les yeux ronds.

— Quoi ? Qu'est-ce qu'il y a ? J'ai dit quoi ? Je mange comme un porc, c'est ça ?

— Non, tu manges comme tu veux. Ce ne sont pas des sorcières, c'est tout.

— O.K., je mets de côté les sorcières, mais c'est pas forcément péjoratif. Bon, dans ton rêve, elles sont cinq, lis un peu c'que j'ai découvert sur la symbolique du 5.

Laure pousse du coude une feuille posée sur la table.

— Pour le collier, par contre, j'ai rien trouvé. Faudrait en avoir un exemplaire pour le faire expertiser. Et là, ça devient super compliqué. Pendant que tu lis, je me fais les fées, les alchimistes et… les sorcières et sortilèges, susurre

Laure avec une légèreté taquine, avant d'abandonner la terrasse pour retrouver l'ordinateur.

Je jette d'abord un rapide coup d'œil, puis reprends plus attentivement.

« *Le chiffre 5 est l'union du 2, symbole du principe terrestre de la mère, et du 3, symbole du principe céleste du père...* »

— Fascinant ! dis-je. Nous sommes tous nés d'un 5 !

— Quand c'est pas d'un 5 à 7 !

Je reprends ma lecture.

« *Un signe du centre, de l'abri du cœur, mais aussi de l'équilibre, de l'harmonie et de l'homme : l'étoile à cinq branches, la fleur à cinq pétales, les cinq doigts de la main, les cinq sens, les cinq plaies du Christ... Les cinq premiers livres de la Bible contiennent la Loi et les dix Commandements, chaque ange gouverne cinq degrés du zodiaque ainsi que cinq jours de l'année. Le 5 est le chiffre de l'humain et de l'individualité, c'est le symbole de la vie manifestée...* »

Tout est 5 dans notre monde, quoi. C'est incroyable ! On passe vraiment à côté de choses ! À la fois, à quoi servent toutes ces infos dans la vie concrète ?

Je tourne la feuille et lis le paragraphe sur la lune. Lorsque j'achève ma lecture, Laure me lance, sans décrocher les yeux de l'écran :

— Pour le 5 et la lune, y a pas de doute, c'est une piste.

— Mais ce n'est pas un peu trop compliqué pour un seul rêve ?

— T'as tout lu ?

— Oui. Si je comprends bien, la lune est la lumière pour ceux qui suivent le droit chemin et l'obscurité pour ceux qui sont dans l'erreur. Jusque-là, tout va bien. Et le 5 symbolise la volonté divine dans son souhait d'ordre et de perfection, mais aussi l'homme imparfait et la totalité du monde sensible qui, entre nous, ne sent plus rien… Ça nous avance vachement, tiens !

— Sauf si t'oublies complètement tes schémas de base et que tu pars en vrille cosmique, s'amuse Laure en pivotant sur sa chaise.

— C'est-à-dire ?

— Eh ben là, tes copines, leur mère, c'est la terre, leur père, il habite l'étage au-dessus, et il faut qu'elles soient cinq pour prendre une enveloppe charnelle et se manifester chez les hommes ! Enfantin, non ?

— Et tu n'as pas l'impression de délirer, là ?

— Si… mais c'est mieux que le 6. Avec celui-là, on frôle la cata intersidérale ! Donc, ne te fais pas recruter. Si vous êtes 6, on plonge dans le chiffre de la Bête et compagnie.

— T'as qu'à nous rejoindre, ça fera Blanche-Neige et les sept naines.

— Reste à savoir qui est Blanche-Neige.

La suite des recherches dure une partie de la nuit. Laure a trouvé une multitude de fées dans des contes, des histoires de sorcières moyenâgeuses, de clans celtiques, de sociétés secrètes, de rassemblements de femmes sacrées à toutes époques, mais rien de bien tangible qui aurait pu expliquer les phénomènes qui se produisent aux Pierres Vives, et éclairer mes rêves à dormir debout.

*

Laure retrouve son appartement, six étages plus bas. Cette soirée lui a fait du bien, l'a détournée de l'échéance qui l'angoisse en secret depuis quinze jours. Demain matin, elle doit subir une série d'examens et d'analyses. Pour en avoir le cœur net, comme on dit. Sauf que, cette nuit, son cœur n'a aucune envie d'être net.

Elle n'a rien dit à Olivia. Volontairement. Pour ne pas ajouter une couche supplémentaire à ses soucis d'ancêtres, ses déconvenues de cœur, sa lassitude professionnelle, et maintenant ses hallucinations nocturnes. De toute façon, Laure se confie rarement. Et jamais lorsque c'est grave.

Quatrième nuit

Couchée sur le dos, je ne trouve pas le sommeil. Je regarde la lune par la fenêtre et pense à ce que j'ai lu tout à l'heure. La lune va peut-être m'aider, me donner des réponses, si elle est la lumière pour ceux qui veulent rester sur le bon chemin ? Allez, laisse tomber ces conneries, Olivia.

J'essaie de m'endormir pour la énième fois, quand soudain j'entends une voix. Une voix qui vient me murmurer des mots distincts. Une voix dans ma chambre. Je me fige de peur. Une goutte de sueur dégouline dans mon dos, je ne peux rien faire. Je ne bouge pas. Je ne peux plus bouger. Tétanisée, je tends l'oreille, la voix poursuit. Je ferme les yeux d'épouvante.

— Comme tous les vivants, tu recherches les plaisirs ou tu te perds dans la douleur, sans comprendre le sens ni le but de ta vie. Fais attention de ne pas passer à côté de l'essentiel, autrement le désespoir envahira ton cœur. Et tu auras vécu en vain cette existence sur terre.

Je suis paralysée, mais j'arrive à bredouiller à la voix de me foutre la paix. Je n'ai rien demandé, moi ! Mais elle enchaîne, et ses intonations font étrangement écho à mon passé :

— La peur te submerge, Olivia, et tu cherches des réponses, prête à te raccrocher à n'importe quoi. Mais la seule réponse, c'est *vous*…

Je ne retiens pas mes larmes de trouille. Tout se mélange. Je crois reconnaître cette voix, mais c'est impossible, et depuis le temps, je l'ai forcément oubliée. J'ouvre un œil et cherche dans la pièce un récepteur, un micro, un fil… Rien. Juste des paroles qui n'ont pas de sens. Et qui est ce « vous » censé être une réponse ?

La voix reprend. Je hurle mentalement le prénom de Laure, comme si elle pouvait m'entendre, surgir et faire disparaître ce cauchemar qui me harcèle ! Je ne veux pas devenir folle, s'il vous plaît !

Rien n'y fait, ça continue.

— Les êtres que tu as croisés, les hommes que tu as aimés t'ont trahie, dépouillée et rendue amère, alors tu as plongé dans la solitude. Tu as beaucoup souffert, j'en suis témoin, j'en suis touché. Mais aujourd'hui, tu vas enfin t'éveiller et je viens à tes côtés pour te guider, mon enfant. N'aie pas peur, maintenant je suis là. Je suis vraiment là. Parce que tu as commencé à t'approcher de ta vérité.

Je fixe la porte d'entrée en face de mon lit. Une seule idée : fuir. La voix cesse de me paralyser. Elle s'est tue. Prenant mon courage à deux mains, je me jette hors du lit et me précipite à l'extérieur de l'appartement.

Quelques étages plus bas, Laure se tourne et se retourne en plein sommeil, terrassée dans son cauchemar par un gigantesque *5* dressé devant elle comme un serpent à sonnette avant l'attaque.

Je dévale quatre à quatre les escaliers et maintient le doigt sur la sonnette. La porte s'ouvre sur Laure, qui se frotte les yeux.

— Je crois que c'est contagieux : tu viens de me sortir d'un putain de cauchemar, merci d'être là.

Subitement, elle prend conscience de la détresse de l'instant : moi, pieds nus, en tee-shirt, en pleine nuit, affolée. Sans un mot, elle m'entraîne à l'intérieur, sous sa couette, et me roule en boule dans ses bras.

Dans un filet de voix, je murmure en boucle que je ne dormais pas… Je ne dormais pas… Je ne dormais pas…

— On parlera demain. Pour le moment, tu dors. Et moi, je te protège.

Je sens ses bras un peu plus autour de moi. Et ça me fait du bien.

*

Alertées par le message radio capté par Joseph, Myriam, Ève, Hanna, Paola et Gabrielle ont gagné le dôme.

Des Ombreux veulent s'opposer à leur choix, détruire leurs efforts, interrompre le fonctionnement des Pierres Vives. Il faut réagir, et vite !

Elles connaissent bien ces forces, leur pouvoir de nuisance et leurs multiples facettes. Des formes-pensées de vivants envieux, négatifs, projetant dans l'univers une énergie si puissante qu'elle agit sur les autres en amplifiant les mauvaises intentions de ceux qui l'ont émise. Des êtres humains manœuvrés par les puissances du Mal, avec le renfort d'âmes désincarnées, en guerre contre les harmonies terrestres. Mais là, il s'agit de la pire de ces entités : du bas astral organisé, des esprits qui n'ont pas rejoint la Lumière, des manipulateurs retors affamés de malheur terrestre. Toujours les mêmes. Leurs attaques sont souvent grossières et parfois contournables, mais à ne jamais sous-estimer. Ces âmes se sont structurées dans l'au-delà et leur but ultime est de faire sombrer des êtres vivants dans le désespoir et la folie. Ainsi, les malheureux dégagent des ondes nocives qui permettent au Mal de se renforcer.

L'intensité du message de ce matin le confirme. Sa nature aussi. L'essence même qui anime ces forces a un véritable potentiel de destruction, capable de faire plonger Olivia dans une démence fatale. Les sons subliminaux émis à travers les ondes hertziennes agissent comme un poison, lent, indolore et sans remède. Les habitantes des Pierres Vives le savent.

Joseph a, une fois de plus, agi comme filtre entre ces forces et les Pierres Vives, mais à quel stade du processus ? N'est-il pas trop tard ?

Devant le dôme, Joseph monte la garde. Soudain, les branches autour de lui frémissent. Il observe, vigilant. C'est au moment où il relâche son attention que, dans un élan fulgurant, les branches poussent comme des tentacules et se referment sur lui.

À l'intérieur du dôme, les coussins et les vases volent, mus par des forces invisibles, et forment une tornade au milieu de la pièce. Hanna et Myriam se cramponnent l'une à l'autre, essayant de rejoindre le banc central. Ève, arrimée à l'autel, tend désespérément une main à Gabrielle, qui dérape à plat ventre sur le sol. Seule, Paola est restée assise sur le banc, dans l'œil du cyclone.

—Il faut reformer le cercle ! hurle-t-elle à ses amies. Vite !

Elle écarte ses bras et renvoie les objets volants se fracasser contre les murs. Lorsqu'Ève parvient enfin à attraper la main de Gabrielle, elle est brusquement soulevée du sol et retombe, inconsciente, après un vol plané.

À l'extérieur, Joseph, immobilisé par les bras végétaux, combat l'emprise de la nature manipulée. En vain. Progressivement, les branches se resserrent autour de son cou. Dans un cri de désespoir, il appelle au secours.

Alerté par le comportement anormal des plantes, puis le cri de Joseph, au loin, Gérard accourt, espérant qu'il ne soit pas trop tard pour son ami.

Armé d'un long couteau, il essaie de dégager la gorge de Joseph mais, à chaque branche coupée, une autre l'étrangle plus fortement. Gérard implore Joseph, qui ne se débat plus.

— Bats-toi, Jo ! Continue ! Ne lâche pas !

Subitement, les branches se rétractent et, aussitôt, les vitres de la verrière éclatent, faisant jaillir des millions de facettes de lumière.

À l'intérieur, au cœur de la tornade, Myriam, Paola, Ève, Hanna et Gabrielle ont formé un cercle. La lumière irradie de leurs corps pour ne former qu'une seule colonne au centre. Les forces du Mal répliquent, la tornade s'amplifie. Puis soudain, elle perd de sa puissance jusqu'à disparaître, et le calme revient peu à peu.

Épuisées, les cinq femmes s'effondrent sur le banc. Elles ont gagné. Pour cette fois.

La guerre a commencé. La guerre des ondes, ces vibrations du Mal, qui ont modifié la structure moléculaire du minéral, du végétal pour s'attaquer à l'humain… Trop tôt.

Aux Pierres Vives, personne ne s'y est préparé. Et il va falloir faire face à cette force qui les empêche de se regrouper. Cette force qui souhaite démembrer le clan, l'anéantir, pour se répandre.

Cinquième jour

Laure est assise au bord de son lit et me tend un mug de café noir.

—Alors ?

—J'ai entendu une voix. Et je crois que c'était… c'était celle de mon père. Et je ne dormais pas. Ce n'était pas un rêve, je ne dormais pas… Je te jure.

Laure me regarde, affectée.

—Désolée de te dire ça, mais tu veux pas quand même qu'on aille voir un toubib ? Tu commences à me foutre les j'tons, là. C'est pas normal tout ça.

—Je suis d'accord. Il y a une partie de moi que je ne contrôle pas, comme si elle ne m'appartenait plus. J'ai peur, Laure. J'ai peur.

Je l'enlace pour me rassurer, mais au contact de son dos, ma main se met à me brûler vivement. Laure me repousse brusquement :

—Hé ! Tu chauffes !

Je regarde ma main. Rien.

—Comme dans mon cauchemar…

—Bon, tu remises tes rêves un instant, O.K. On va faire dans le tangible, on monte chez toi.

Après m'être préparée, j'abandonne Laure devant la liste des recherches du jour : anges, démons, dôme de verre, cycles lunaires. Et le rendez-vous chez le toubib. Je sens Laure plus sceptique, plus retenue, plus fatiguée aussi. Pense-t-elle vraiment que je deviens folle ?

Ce mercredi est sans surprise, mis à part dix appels raccrochés et cinq messages vides sur mon portable, provenant d'un numéro masqué. Un interlocuteur inconnu, un froussard ou… un amoureux plein de remords ? Quelque part, je l'espère peut-être. Sans y croire. Et sans le vouloir.

Lorsque j'arrive à la maison, le voyant rouge du répondeur clignote. Je l'enclenche. Deux messages. Le premier de Laure. Elle est partie, ce matin, parce qu'elle a pris rendez-vous avec une personne qui a peut-être des réponses : une astrologue sans renom, mais très prisée, à côté de Sens. Maintenant, elle se retrouve coincée à cause d'une grève surprise, partielle, mais suffisamment suivie pour rendre son retour hypothétique. Le second message, c'est Astrid. Une amie au bout du rouleau. Pas de chance, elle vient de se faire larguer.

Tant pis pour les recherches en cours, on continuera demain. De toute façon, Laure est bloquée, je n'ai aucune envie d'être seule dans mon appartement et, vu le ton d'Astrid, il y a urgence. Je décroche le téléphone pour la rappeler.

Après un monologue téléphonique entrecoupé de sanglots, j'enfourche mon scooter pour la rejoindre chez elle.

Cinquième nuit

— Je vais devoir partir plus tôt, dit Paola. Je ne pourrai pas attendre la fin de l'initiation. Vu les attaques, il vous faut une alliée de l'autre côté.

— Mais si tu pars avant d'être remplacée et que nous nous retrouvons à quatre…

— C'est un risque à courir, Gabrielle. Je n'ai pas le choix : ils sont trop forts. Il faut les prendre en étau.

Ève, le front bandé, serre Gabrielle dans ses bras.

— C'est normal d'être triste, tu n'es pas encore habituée à ces départs.

— Et si je ne pars pas, nous ne pourrons pas détourner l'attention des Ombreux d'Olivia.

— Ma petite-fille est la cinquième, martèle Hanna d'une voix vibrante. Si elle ne rejoint pas les Pierres Vives à temps, elle…

— …elle mourra, achève Myriam. Nous serons toutes rappelées et nous disparaîtrons de cette terre.

Ève, Myriam, Hanna, Paola et Gabrielle se tiennent devant la fenêtre ouverte de la cuisine de Joseph, fixant le poste à galène en marche. À l'intérieur de la pièce, Joseph, le visage griffé par les branches et le cou bleui par des traces de strangulation, prend des notes sur une partition, tendant l'oreille vers la radio. Gérard s'approche des cinq femmes. Camouflant du mieux qu'il peut ses doutes, mais aussi son anxiété, il les rassure à coups de confiance forcée.

— Ne vous en faites pas, Joseph est le meilleur des filtres. En plus, maintenant, il sait récupérer leurs énergies pour les retourner contre eux. Hein, Joseph ?

Joseph pose son crayon et se tourne vers ses protégées.

— Je suis le Gardien, j'y arriverai ! Je commence à comprendre par quelles fréquences ils s'expriment : il suffit d'inverser la charge du son pour les neutraliser. Enfin, j'espère...

Soudain la voix reprend et tous se taisent.

— ... on... vous... détruira...

L'encens et la myrrhe brûlent dans la verrière et la fumée monte en ligne droite. La blancheur de l'albâtre du sol et la transparence du toit diffusent une lueur laiteuse. Un halo de lumière brille au-dessus de la tête de Paola.

— Ce soir, je m'en vais. Je vous confie les dons de grâce que j'ai reçus pour le temps de ma mission. La clairvoyance des mystères, la compréhension des harmonies secrètes, la fabrication de l'avenir. À vos côtés, j'ai transmis le bonheur dont on m'avait chargée. Maintenant, mon âme retourne à la Source du Monde glorieux. Et c'est sous une autre forme que je reviendrai vous visiter et vous aider... À Dieu, mes amies.

Dans un souffle, Paola s'élève. Avec une sensation de béatitude, elle reprend l'apparence de cette nuée instable qui a précédé son corps terrestre. Dans cette lumière discrète, Paola rejoint l'Invisible pour n'être plus qu'une vibration d'amour, une suspension dans l'univers parfait du Divin.

Gabrielle, Hanna, Ève et Myriam, main dans la main, observent la transformation de leur amie. Elles entonnent, comme d'une seule voix, un chant de félicité qui redouble d'intensité quand Paola se dissout… *le chant des anges*.

Sixième jour

Je reste auprès d'Astrid parce qu'elle n'arrive pas à dormir, elle non plus. Les dissonances de mon âme atteignent leur paroxysme. J'ai l'impression que les turbulences de mon esprit débordent et se répandent autour de moi : les ampoules de la pièce clignotent et l'intensité lumineuse change tout le temps.

— Je ne t'embête pas trop avec mes problèmes ?

Non, elle ne m'embête pas. Dans les bras d'un homme, comme elle, j'ai cru connaître l'amour, trouver mon chemin, un destin. Pour moi, Alexandre a été le rendez-vous d'une vie, de ma vie. Mais peu à peu, le malentendu nous a rattrapés. Confus, Alexandre a décapé nos sentiments et démêlé nos corps, préférant « espacer » nos rencontres par crainte d'étouffer. Il ne voulait pas que « la magie s'éteigne dans la répétition », comme il disait. Partager un quotidien était à ses yeux le meilleur moyen de me perdre. Il trouvait plus honnête de tout casser avant que le charme ne se brise. « Tout casser » signifiant « construire du provisoire avec une autre ».

En écoutant Astrid, je comprends qu'Alexandre n'a rien d'unique, et j'en suis deux fois plus malheureuse.

La nuit a été courte et, je l'espère, mon aide aussi efficace pour Astrid qu'elle a été douloureuse pour moi. Ce face à face avec la souffrance d'une autre a ravivé ce que je m'efforce de camoufler. Astrid m'a tendu le miroir de son âme, reflet de ma propre affliction. Le souvenir d'Alexandre m'a rattrapée, et l'image de cet homme qui m'a brisé le cœur s'est imposée à nouveau.

6 h 00. Je rentre chez moi, me change rapidement et repars pour Orly. Quatrième journée de rotations sans trêve ni intérêt. Piégée par la bousculade du matin, je n'ai pas eu le temps de téléphoner à Laure. Mais, après quatre jours d'affilée dans les airs, mon week-end commence ce soir : nous aurons tout le temps pour nous occuper de moi.

*

Ce moment que chacun doit affronter un jour, celui du retour aux sources, Paola en a fait un vrai cadeau d'adieu. Malgré la magie de l'instant, pour Hanna, Myriam, Ève et Gabrielle, c'est aussi le premier matin sans leur amie.

—Elle me manque déjà, bougonne Ève, en fermant la porte de sa chambre pour rejoindre Hanna dans le couloir.

—À moi aussi. Je n'arrive toujours pas à m'habituer à ces départs.

Myriam, la mine creusée, arrive du deuxième étage.

—Je me sens désespérément humaine, ce matin…

Dans la cuisine, Gabrielle, elle, ne semble plus affectée. Elle prépare le petit déjeuner avec la même bonne humeur que chaque matin. Elle s'immobilise net lorsque les trois passent la porte :

— Ben, qu'est-ce qui vous arrive ? Vous avez vu vos dégaines ? On dirait des… vieilles !

Myriam a enfilé un pyjama d'homme marron clair au col décousu ; Hanna a les cheveux en bataille qui tombent sur ses épaules ; Ève est boudinée dans une robe de chambre à fleurs orange.

— Il faut vous ressaisir, les filles !

L'impertinence de Gabrielle sonne comme un réveille-matin. Myriam, Ève et Hanna s'observent de la tête aux pieds et éclatent de rire. Myriam, cherchant un point d'attache pour ne pas chuter, lance entre deux hoquets :

— On s'est quand même bien amusées avec la Paola !

Profitant de la détente générale, Gabrielle tente :

— J'ai des questions. J'ai plein de questions. Vous croyez que ça fait mal ?

Ève et Hanna, s'étant arrimées l'une à l'autre, répliquent de concert :

— Les réponses font souvent plus mal que les questions !

— Non, je veux dire pour Paola. Je ne connais pas cette phase de transition. Ça fait mal ?

— Si tu l'as oublié, c'est pas à nous de te rafraîchir la mémoire, lui balance Ève. Où est le beurre ?

*

Le dernier vol de la journée est annulé. Finissant plus tôt, je fais une halte place de la Madeleine pour un ravitaillement de luxe. Au diable mon découvert, j'ai besoin de plaisir.

Dès mon arrivée à la maison, les bras chargés, je remarque l'air malicieux de Laure. Elle a téléchargé un dossier de demande de renseignements auprès du cadastre et l'a posté ce matin. On aura, dans quelques jours, l'histoire du terrain sur lequel la résidence est construite et les informations concernant les propriétaires successifs. Peut-être Hanna et ses amies sont-elles envoûtées, à leur insu, par des fantômes liés à l'endroit ? Quand on commence à creuser l'irrationnel, autant creuser partout.

—Et l'astrologue que tu as rencontrée ?

—Une petite vieille fripée rangée dans un débarras avec des bondieuseries sur tous les murs. À part ça : abstraite ! J'ai rien compris. Elle est partie dans des délires de trigone de Vénus en carré de Mars. J'ai tout enregistré, et même en réécoutant, cette nuit, dans ma piaule du Formule 1, j'ai toujours pas compris. Tu écouteras. Et toi, Astrid ?

—Comme d'habitude. Comme nous. Sauf que...

—Elle va s'en remettre, t'inquiète pas.

—Non, ce n'est pas ça, je sais qu'elle va s'en remettre. C'est hier soir, chez elle, il y a eu des choses bizarres : d'abord mon portable s'est allumé tout seul, ensuite les lumières se sont mises à clignoter sans qu'on touche à l'interrupteur et, quand ça s'est calmé, les appels anonymes ont recommencé.

—Y avait un dérangement électrique dans le secteur, c'est tout. Tu me fileras ton portable : c'est certainement un faux contact. Pour les appels, donne-moi le numéro d'Alexandre.

Et elle me tend une main ferme.

—Pour quoi faire ?

—Éliminer les boulets anonymes.

Laure saisit le combiné du téléphone fixe et me jette un regard insistant.

—Alors, le numéro ?

—Pourquoi il ferait ça ?

—Parce qu'il est con, parce qu'il est mal, parce qu'il s'en veut, j'en sais rien, moi ! Mais il va arrêter de t'emmerder !

Sans réponse de ma part, elle repose le téléphone sur son socle et me sourit, conciliante.

—Ça me gave que t'arrives pas à te sortir ce mec de la tête !

Laure prend sa veste posée sur le fauteuil et passe sa besace en bandoulière.

—Ton petit pique-nique est génial, mais, ce soir, je peux pas. Désolée. J'ai promis à Jeff de débloquer son ordinateur. Il passe à la maison.

—Pas de problème. Je me goinfrerai sans toi !

—Je passe après, si tu veux ?

—Pas la peine, je vais peut-être me faire une toile et dormir un peu.

—O.K., alors bonne soirée, ma grande !

Et Laure disparaît déjà dans les escaliers.

Je m'en veux. Je crois que je l'ai blessée. Je range les sacs dans le frigo, puis attrape le dictaphone que Laure a déposé sur la table basse, à côté de l'enveloppe de mon premier rejet de chèque. J'enclenche l'appareil : une friture aiguë sort du petit haut-parleur. Je rembobine et essaie à nouveau de faire défiler le message. Toujours la même friture. J'ai dû faire une fausse manip' qui a effacé la voix de l'astrologue. Pourquoi plus rien ne tourne rond autour de moi ?

Sixième nuit

Quelques minutes plus tard, je déambule dans les rues de Paris. Le ciel s'assombrit, la pluie se met à tomber, avec la nuit. Je me réfugie dans une brasserie et déserte le lieu, lorsque les nuages en ont marre de pleurer. Avec un mélange de doute, de frustration et de culpabilité, je reprends ma marche. *J'ai quitté l'homme que j'aime !*

Je ne veux plus penser à lui et pourtant des souvenirs lancinants me collent à l'âme. Que dois-je faire ? Continuer à conjuguer notre histoire au passé ? Tirer un trait définitif ? Soigner les plaies de mon enfance qu'Alexandre n'a jamais vues, juste devinées, à travers la sensuelle fragilité de mon corps, mon équilibre instable, ma gaieté de façade, la tristesse camouflée de mes yeux ? Je ne sais plus.

Des bribes de notre dernière conversation me hantent. L'écho de cette rupture que j'ai provoquée. Les mots ressassés pour paraître plus forte se brisent en écume et me noient dans l'arrogance de ma certitude. Tellement si peu sûre.

Les pieds dans l'eau du ciel et les pensées à marée basse, je m'arrête et fixe la flaque devant moi. Elle reflète tout ce qui m'entoure : les nuages, les immeubles, les lampadaires, mais je ne m'y vois pas. Je me penche un peu plus : il n'y a même plus de place pour moi dans une flaque d'eau… alors où se trouve mon terrain d'action ? Où ? Aussitôt, la voix de mon père m'effleure.

— N'abandonne jamais.

Je me retourne vivement. La rue est déserte. Je suis tellement perdue que je n'ai même plus la force d'avoir peur. Juste celle de pleurer sur ce constat de vie en échec.

Au ralenti, je gravis les deux cent cinquante marches qui me séparent de ma tanière, pour sombrer dans l'oubli du sommeil. Mais ce projet enthousiasmant est compromis par le voyant rouge du répondeur. Je l'enclenche d'une main molle.

— Bonsoir, ma chérie, c'est moi ! Je t'appelle parce que Paola est… partie ! Mais ne t'inquiète pas, elle n'est pas partie très loin !

La voix d'Hanna est presque joyeuse, aucune émotion dramatique ne transpire de ses mots, on peut presque sentir un certain soulagement.

Après un silence, la voix d'Hanna reprend :

— L'enterrement a lieu demain, ce serait bien que tu viennes. Tu comprendras.

Il y a dans ces deux phrases quelque chose de très curieusement directif, comme s'il ne s'agissait pas d'un deuil, ou d'un chagrin à partager, mais d'un jeu de piste. Encore un délire d'Hanna. Je l'appelle sur son portable, elle ne répond pas.

À l'annonce de la nouvelle, Laure grimpe au 6e. Lorsqu'elle pousse la porte d'entrée, je prépare déjà mon sac. Elle réserve un billet de train sur Internet et me conseille de macérer dans le bain qu'elle vient de faire couler.

Je glisse dans l'eau chaude et essaie de lâcher prise, tout en fixant la glace en face de moi. Là, au moins, je me vois. Petit à petit, la buée se forme et me fait disparaître. Tant mieux, j'ai besoin de m'abstraire un peu. Un courant d'air passant sous la porte me fait frissonner, je m'immerge complètement dans l'eau chaude. En ressortant la tête, j'aperçois, dans la buée, un visage… Paola !

Je m'assieds vivement dans la baignoire, arrimée aux rebords, projetant l'eau dans toute la pièce.

—N'aie pas peur, tout va bien.

Aussitôt, la folle envie de hurler coincée dans ma gorge trouve les mots pour affronter l'image.

—Non, tout va mal ! Pourquoi vous me faites ça ?!

Le visage de Paola ne répond pas. Je hurle de plus belle. Pourquoi toutes ces visions ? Pourquoi toutes ces voix dans ma tête ? Tout à coup, la buée s'anime et Paola se détache du miroir pour prendre une forme en trois dimensions flottant dans la vapeur d'eau.

—Je te protégerai.

—Laure ! Laure !

Alertée par mes cris, Laure est descendue du salon et tambourine à la porte. Elle veut m'aider, mais je ne peux plus bouger.

Soudain, ma main me brûle vivement. Je lâche le rebord de la baignoire et regarde : un cercle rouge sang est apparu au creux de ma paume. Je relève les yeux et fixe le visage de brume. Mes larmes jaillissent, malgré moi, dissipant ma colère.

—Je n'en peux plus… Arrêtez, je n'veux pas devenir folle… Je vous en supplie…

Paola ne répond pas. Alors l'hystérie me reprend, tandis que j'entends Laure qui essaie de forcer la porte.

— De quoi vous me protégerez ? De qui ? C'est quoi sur ma main ?

Paola me sourit, alors que la porte cède, projetant Laure au milieu de la pièce à travers la vapeur qui se dissipe.

Très perturbée par ce face-à-face avec de la buée, j'appelle Gabrielle sur son portable. Elle décroche et me confirme le décès de Paola. Dans sa voix non plus, pas de chagrin apparent. Elle passe le téléphone à Hanna. Dans un réflexe, je branche le haut-parleur : il faut que Laure entende, pour atténuer mes doutes. Les siens aussi. Quand je lui ai raconté l'apparition dans le miroir, son silence m'a noué la gorge.

— Bonsoir, ma chérie.

— J'ai eu ton message, j'arrive demain dans la matinée.

— Tu as l'air essoufflé. Tout va bien ?

— Non, ça ne va pas. Euh, comment dire... Paola...

— Il n'y a rien à dire. C'était juste son heure de partir, c'est tout.

— Mais je viens de voir...

Laure met son index sur sa bouche pour que je me taise. Pas besoin de les inquiéter. Pour l'instant.

— Je suis désolée pour toi.

— Oh ! La mort fait partie de la vie ! Elle n'est qu'un chemin de retour. Alors, pas de colère, pas d'amertume, pas d'illusion non plus : ce serait juste s'apitoyer sur soi-même et cela ne ferait pas revenir mon amie Paola. D'ailleurs, elle n'en a certainement aucune envie ! Olivia ?

— Oui ?

— Si tu ne peux pas retenir tes larmes, laisse-les couler, elles sont un cadeau de Dieu. Mais ne les salis pas de lamentations déplacées. Garde leur pureté, parce que les morts sont des êtres à part entière qui ne disparaissent pas. Et ils ressentent notre détresse comme un reproche.

Maintenant, Laure me fait des moulinets de la main pour que je pousse Hanna dans ses retranchements.

— Et tu crois qu'elle est où à présent, Paola ? Près de ceux qui pensent à elle ? Au Paradis ?

— C'est quoi, le Paradis, ma chérie ? C'est juste une sorte de libre-service avec beaucoup de rayons, c'est tout.

— Et Paola, elle est dans quel rayon, alors ?

— Laisse-lui le temps. Là, elle est dans le hall de réception, la *Première Éternité*. Ne crois pas que les gens n'évoluent que sur terre. Oh, je te quitte, on m'appelle !

Et elle raccroche, coupant court à ses élucubrations de supermarché.

Je me tourne vers une Laure préoccupée par ce qu'elle vient d'entendre.

— Il faut que je t'avoue autre chose, Laure.

— Ben, vas-y, lève le voile, j'suis plus à un délire près, là !

— J'ai déjà eu des visions.

— Je sais : tes vieilles qui flottent au-dessus du plancher en chantant, ton ectoplasme bleu qui s'entraîne au marathon dans l'escalier des Pierres Vives, ton téléphone qui sonne mais qui n'existe pas et récemment tes ablutions avec une mémé en buée.

— Non, je te parle d'avant… quand j'étais petite. Je voyais des gens que les autres ne voyaient pas. Je croyais que c'étaient des amis imaginaires. D'ailleurs, ils ont arrêté de venir quand je suis devenue grande. À la mort de mes parents. Qu'est-ce qui m'arrive ? Tu crois que je disjoncte ?

Laure me prend dans ses bras.

— Mais non, t'inquiète ! Ça a l'air normal dans ta famille, les choses bizarroïdes, dit-elle en ponctuant ses paroles d'un mouvement de sourcils. Moi, dans la mienne, on ne croit en rien, à part les sondages et les cours de la Bourse : ça me change un peu. Ton billet est réservé. On reste en contact téléphonique tout le week-end. Et t'angoisse pas, je nourrirai le chat !

— Je n'ai pas de chat.

— Façon de parler.

Laure m'impressionnait. Cet humour qu'elle opposait systématiquement aux surprises comme aux malheurs était la seule arme qu'elle s'était autorisée pour affronter la vie. Laure était un clown joyeux. Et ils sont tellement rares. Pourquoi avais-je l'impression qu'en lui demandant de m'aider à y voir clair dans ma vie, je la révélais un peu à elle-même ?

*

Hanna, la main sur le téléphone raccroché, se demandait si elle n'était pas allée trop loin. Elle avait bien senti le trouble de sa petite-fille, sa perplexité. Sa réticence. Et puis les parasites avaient commencé à brouiller la ligne. Le plus dangereux n'était pas les attaques contre Olivia, mais la baisse de ses défenses naturelles. Tant qu'elle refuserait de croire à ce qu'elle appelait « l'irrationnel », sa peur de l'inconnu empêcherait les protections de se mettre en place — les anticorps spirituels. Mais à force de la cribler de phénomènes inexpliqués, Hanna et ses amies augmentaient du même coup son déséquilibre et le danger contre lequel elles espéraient l'immuniser.

Septième jour

Je saute dans le train pour Avignon. De mon portable, je confirme l'heure d'arrivée à Hanna. Gérard m'attendra à la gare.

Je n'ai rien mangé depuis le déjeuner de la veille, j'ai faim. Sur le chemin du wagon-bar, mon portable vibre. C'est Laure, qui vérifie qu'aucun événement insolite ne m'a fait rater le train. Mais j'entends un mot sur trois. La liaison est très mauvaise, les parasites crépitent comme un feu de bois. J'arrête la conversation, les yeux rivés sur le fond du wagon.

— Attends une seconde…

— Quoi ? Qu'est-ce que t'as ?

— Ce mec ? Là-bas…

— Ben, dis-moi ! Y a que toi qui es dans l'action, alors fais partager !

— On dirait…

— Qui ? J'suis pas dans le train, moi !

— Joseph…

— Le taré qui a pété l'autoradio de son pote ? Mais qu'est-ce qu'il foutrait là ?

— Je te jure, on dirait vraiment lui !

— Ben, cours ! Rattrape-le ! Au moins tu seras fixée.

— O.K., je te rappelle plus tard.

Arrivée au bout du wagon, je fouille les moindres recoins, mais l'homme a disparu. Que fait Joseph dans ce train ? Si c'est Joseph, d'ailleurs. J'espère qu'il n'est pas mort, lui aussi ! Non, Hanna me l'aurait dit. Il ne manquerait plus que les vivants m'apparaissent en fantômes, maintenant !

Je regagne ma place, perturbée, et me recale en dévorant le jambon beurre que j'ai en main.

Coincé dans les toilettes, Joseph écoute les bruits provenant de l'autre côté de la porte. Il marmonne :

— C'est bon, elle est partie.

Il sort de sa poche la CB miniature, fabrication maison, qu'il branche à la prise murale conçue pour les rasoirs. L'appareil se met en marche.

— Gérard ? C'est moi. Elle est dans le train. Tout va bien. Rien d'anormal, sauf quand elle téléphone. J'essaie de nettoyer son réseau, mais ce n'est pas évident avec tous les portables et les interférences électroniques.

La première partie de la mission de Joseph était accomplie : Olivia était dans le train, le Gardien n'avait plus qu'à s'assurer qu'elle arrive à bon port. Elle devait rejoindre les Pierres Vives au plus vite pour compléter le groupe. Olivia portait en elle un monde nouveau qui était sans limite, si aucun événement extérieur ne venait perturber, voire stopper son initiation.

— O.K., Joseph, moi, je suis déjà à la gare. Je la réceptionne.

Joseph range son appareil, s'extirpe des toilettes et rejoint son siège.

De son côté, Gérard sort le Solex qu'il a chargé à l'arrière de la 404, puis traverse la rue. Il l'attache au panneau « sens interdit » à la sortie du parking de la gare, pose la clé de l'antivol sur le pneu avant, puis rejoint sa voiture.

*

Mon téléphone vibre à nouveau. J'observe le cadran qui affiche « anonyme » : j'en ai ras le bol de ces appels masqués et silencieux. Je décroche, énervée.

—Bon, tu veux quoi au juste, Alex ? Allô ? Allô ?

J'entends l'écho de ma voix, puis plus rien. Je raccroche et compose le numéro d'Alexandre, rageuse. Il décroche. Pas le moment de se dégonfler.

—T'as pas fini ?

—Olivia ?

—Oui, Olivia ! Tu as retrouvé la parole, c'est bien ! C'est quoi ton plan, là ?

—Mais de quoi tu parles ?

—De ton harcèlement téléphonique, de tes appels masqués et raccrochés !

—Je ne comprends rien à ce que tu racontes, ce n'est pas moi.

—Tu ne m'as pas appelée ? Jamais ?

Ma voix se casse.

—Non, alors cherche ailleurs.

Il raccroche. Il dit la vérité, je le connais, je sais trop quand il ment. Je suis soulagée d'éliminer Alexandre de la liste des anonymes potentiels. Pourtant ce réconfort est si triste : il n'a jamais essayé de me joindre. Alors qui m'appelle ? Une erreur insistante, un pervers ?

Je ferme les yeux. Mon siège est brusquement bousculé par des enfants qui chahutent derrière moi. Je rouvre les yeux, tourne la tête. Et me paralyse. Sur le siège à ma gauche, il est là. Je le vois assis à mes côtés. Mon père, qui m'observe.

D'un vif mouvement de recul, je me plaque contre la vitre. C'est quoi ce délire ? Je tends la main. Elle passe à travers lui, et il ne s'efface pas. Il me sourit. Il est exactement comme sur la photo de nos dernières vacances. Mais sous la même forme vaporeuse que Paola et les amis imaginaires de mon enfance.

Je n'ose plus bouger. Je me contente de fermer les yeux pour que cette apparition dégage du siège d'à côté, mais quand je les rouvre, elle est toujours là et ça me rend folle de bonheur.

Le train ralentit. Ma voisine revient des toilettes et s'assied sur mon père, qui disparaît instantanément.

*

Dès l'arrêt du train, Joseph emboîte le pas à Olivia, puis se noie dans la foule, lorsque Gérard la récupère à la sortie de la gare. Tout s'était bien déroulé, un voyage sans heurt qui amenait Olivia à son point de non-retour.

Avant de démarrer, Gérard s'assure, d'un coup d'œil dans le rétroviseur, que le deux-roues de Joseph est toujours en place. Une angoisse le saisit à l'évocation de son ami vacillant sur le vieux Solex avec lequel il faisait corps vingt ans plus tôt et trente kilos en moins.

*

Le trajet avec un Gérard si abattu par la disparition de Paola me colle le cafard. Mais c'est peut-être moins pire que toutes les questions qu'a fait naître l'apparition du fantôme de mon père. Pourquoi ne s'est-il pas manifesté avant, quand j'avais tant besoin de lui ? Et que vient-il faire dans ma vie aujourd'hui, où il n'est qu'une perturbation de plus ?

Comme à chaque fois, Hanna m'attend sur le perron. Je sors de la voiture et me précipite dans ses bras. Cette étreinte m'apaise un peu. L'amour de cette vieille dame me confirme que, ici, ma vie a au moins un sens affectif, même si c'est au détriment de ma raison.

La journée se déroule au ralenti. Ève et Myriam font le deuil de leur amie par une retraite de silence. Seule Gabrielle reste active. Rien ne semble atteindre sa joie de vivre. Elle range la maison, plie les dernières affaires de Paola dans des cartons, qu'elle finit par monter au grenier.

De mon côté, je marche avec Hanna. Nous composons deux bouquets, à sa demande.

Et le trajet change. Hanna m'attire vers le lac. Subitement, je vois la verrière. Je distingue le dôme entre les arbres. Il est *véritablement* devant moi. Pourtant, il ne figurait pas sur les photos satellites de Laure. Et je ne vois pas quels arbres auraient pu le cacher dans leur ombre ! Je pose ma main sur l'armature métallique : elle est solide. Je regarde le soubassement : il est en pierre et s'enfonce dans le sol. J'emboîte le pas à Hanna, qui pénètre à l'intérieur. Elle dispose le bouquet de roses dans un vase posé sur un autel d'albâtre, et se recueille en silence.

Je détaille la pièce. Elle est octogonale et, à part un banc en pierre et un autel, il n'y a rien. Les vitres sont sales, le lierre atténue la clarté du jour. Avec mon portable, je prends discrètement quelques photos de ce lieu étrange, mais sobre, et les envoie à Laure. Seule l'atmosphère est suffocante, saturée de parfums de fleurs qui montent à la tête. L'odeur est peut-être hallucinogène ? Il est peut-être construit sur une faille tellurique, une zone à fort magnétisme qui permet réellement à des vieilles dames de vaincre les lois de la pesanteur ? Rêve ou réalité, nous sommes l'auteur de ce que nous voyons, c'est ce que dit Hanna. Mais ça veut dire quoi, appliqué à mon délire ?

Je marche dans la salle, Hanna me regarde, puis ressort. Je la suis.

À l'air libre, elle s'anime à nouveau.

—Tu vois, il n'y a rien à trouver là-dedans, sauf ce que tu y apportes.

—Je crois donc je vois, c'est ça ?

—C'est bien ça.

Et Hanna change de sujet. Je déteste lorsqu'elle fait ça. Comment la bousculer, alors qu'elle vient de perdre son amie ? Je me tais, attendant un moment plus propice pour l'affronter avec mes questions.

—La vie trouve toujours un chemin. Elle dompte, bouscule, surmonte les obstacles et finit par reprendre ses droits. Rien ne peut l'arrêter. Elle nous possède, elle est la lumière de la conscience, et cette lumière mène au-delà de nos limites. Durant son existence, Paola n'a pas épuisé son énergie de vie, au contraire, parce qu'elle a toujours suivi sa route. Maintenant, elle la continue, mais à un niveau supérieur. La terre, tu sais, ce n'est qu'un camp d'entraînement.

Je n'ai rien compris, mais je ne veux pas perturber sa méditation à voix haute. Ma présence paraît lui suffire. D'ailleurs, quelle que soit l'attitude adoptée face à un deuil, notre soutien semble toujours décalé. Ainsi, je ne fais rien pour soutenir Hanna, et c'est facile parce qu'elle n'a pas l'air triste.

En début d'après-midi, alors que chacune se prépare pour la cérémonie religieuse qui a lieu en l'église du village voisin, je reçois un SMS de Laure :

Alors, sorcières ? sectes ?
ou juste des fêlées du bulbe ?
N'oublie pas de les cuisiner
entre deux condoléances !

Je n'oublie pas, mais elles esquivent toutes mes questions, ce qui semble les amuser, d'ailleurs. En boucle, elles ne parlent que d'amour chamallow, complètement obsolète à leur âge, mais avec une telle acuité dans leur regard que l'effet guimauve n'a plus rien de désuet.

Après une courte messe dite par le père Robichon, les larmes de Gérard et trois accords d'orgue, le cortège endeuillé se dirige vers le cimetière. Tout est respecté dans les moindres détails, des dernières volontés aux ultimes attentions. Dans cet enterrement banal, une seule chose semble fausse à mes yeux : l'inscription sur la tombe de Paola :

Ici repose

En remontant l'allée du cimetière, Hanna se concentre sur le bruit des graviers qui crissent sous nos pas. Moi, j'enterre mentalement Alexandre, juste pour essayer de me faire du bien.

— Hanna ?

— Oui ?

Je sens qu'elle resserre un peu son étreinte comme pour m'encourager à continuer.

— Pourquoi l'amour fait si mal ? Pourquoi des gens qui nous aiment peuvent disparaître de nos vies du jour au lendemain, sans laisser de nouvelles ? Ou si peu.

Je la devine sourire, en m'écoutant déposer mon fardeau. Avant de me répondre, elle scrute le ciel comme pour y trouver un signe. Mais non, ça y est, elle est repartie dans le monde clos de ses pensées. Puis elle marche sur une crotte et remercie Paola à haute voix. Le fait de gratter sa chaussure sur une pierre tombale a l'air de la ramener à la réalité.

— Je pense que les choses ont un début, parce qu'elles ont une fin. C'est pourquoi il ne faut pas percevoir le sentiment amoureux comme un élan menacé par le temps, mais comme une émotion qui nous transporte au-delà de son objet. Ainsi, cette émotion n'a plus de limite, se nourrit de nos épreuves et se conjugue toujours au présent. Parfois, l'amour prend différents visages. Certains le façonnent, le construisent à deux, un peu plus chaque jour, se laissant guider par leur cœur. Cet amour ne peut que durer et s'élever plus haut. Si, malheureusement, ce sentiment venait à s'user, c'est d'un commun accord entre les deux personnes qu'il s'arrêterait, donc avec une moindre douleur.

D'autres reçoivent cet amour à l'état brut. Ils vivent de grandes passions. Tout est ample et magnifique dès le début. Dès le premier regard. Mais ces amours-là connaissent de grandes difficultés. Elles finissent par se détruire par exigence, par jalousie, et tout se termine dans la souffrance, aussi déraisonnable et passionnée que le premier instant. Ces êtres sont foudroyés par leurs émotions parce qu'ils n'étaient pas préparés.

—Amour-amitié ou passion-douleur, le choix est assez restreint, non ? Tu crois que c'est le prix à payer pour un peu de bonheur ?

—Pour vivre un amour vrai, il faut accepter l'humilité de recevoir, la force de donner, la patience d'attendre, et refuser de considérer l'être aimé comme une propriété, un avantage acquis. Ce n'est qu'à ce seul prix que la vie nous offre notre moitié. Si le jeune homme que tu as rencontré et qui te fait souffrir en ce moment est avare de lui-même, s'il s'aime plus qu'il ne t'aime, alors son ego l'entraînera dans l'exclusion, et toi, tu n'as rien à faire à ses côtés. En revanche, s'il est celui auquel ta nature te destine, alors il reviendra sur ta route. Fais en sorte d'être prête. Ne gâche pas d'énergie à pleurer sur ce que tu n'avais pas encore les moyens d'accueillir. Utilise le temps qui vous sépare pour préparer votre si belle histoire.

—Alors le temps perdu serait un cadeau. Ouais, c'est une vue de l'esprit.

—Bien sûr qu'il est un cadeau ! Dès le moment où tu ne le traites plus en ennemi, le temps devient ton meilleur allié, et l'amour cesse d'être une simple aventure d'un moment. L'amour est courage, engagement, force et volonté. Il est aussi délicatesse, respect, connivence et loyauté. C'est cela que tu dois trouver !

Elle m'illuminait. Mon cœur venait de se rouvrir à l'espoir. Il battait à nouveau au rythme d'une force insolite chez moi, la confiance. L'amour vrai existait ! Je le trouverais et me laisserais guider jusqu'à lui par cette femme aux délires intermittents, qui transformait les cimetières en terrain d'envol.

Juste avant le dîner, je m'éclipse pour appeler Laure.

— Elle t'a fait entrer dans le dôme en verre ! Tu le voyais ? Et y avait quoi dedans ?

— Rien de spécial. Tu n'as pas reçu les photos ?

— Quelles photos ?

— Sur ton portable.

— Non. Tu devais avoir un problème de réseau. Y a quoi, alors, dans ce dôme ?

— Rien, je te dis... Elle y a juste apporté des fleurs.

— Ouais, une sorte de rituel. Et après ?

— Après ? Ben, rien. J'ai bien regardé partout, mais ça a l'air complètement normal et en dur. Aucun objet bizarre ne traîne. Il y a juste un autel et un banc en pierre. Pas de cachette, pas de recoin.

— Bon... ce sont des sorcières maniaques du rangement.

— Tu en es encore là ?

— J'élimine aucune piste. Tout est à envisager. Imagine que, ce soir, elles pratiquent un sacrifice ! Ben, t'auras l'air bête d'avoir négligé la piste des sorcières ! Parce qu'admettons qu'elles fassent partie de l'ancien Ordre du Dragon ou qu'elles soient dans le même trip qu'Elizabeth Bathory, la Comtesse Sanglante, et sa copine Anna Darvulia, eh ben, t'es dans la merde ! Tu vas finir exsangue, et les croulantes, elles se baigneront dans ton sang pour rajeunir !

— Cool… bon, je vais te laisser dans ton plan gore, je te rappelle plus tard, elles m'attendent pour manger.

— Fais super gaffe à la bouffe ! Évite les champignons. Et surtout t'oublie pas l'investigation sur le terrain ! C'est super important, surtout les rites, les symboles et tout ça, O.K. ?

— Je n'oublie rien, ciao.

Le repas est frugal. Personne n'a d'appétit, sauf Ève, bien sûr, qui ne se fait pas prier pour finir les assiettes abandonnées autour d'elle.

— Il faut bien que je mange pour deux, se justifie-t-elle en regardant la chaise vide de Paola.

Toutes rient de bon cœur en admirant cette gloutonnerie si dévouée.

La cuisine est plongée dans la pénombre. Elles sont assises autour de la table en chêne. Je les écoute évoquer divers souvenirs partagés avec leur amie disparue.

Puis Hanna m'entraîne à l'extérieur, sans un mot, les traits tendus par un sentiment d'urgence.

*

— Bon, c'est pas tout, mais il faut qu'on s'y mette, dit Gabrielle. La cuisinière est tombée en rade et le micro-ondes vient de nous lâcher. Alors…

Elle se lève et sort de la pièce. Dans un même élan, Ève et Myriam lui emboîtent le pas.

—Il va falloir faire vite. Nous devons retrouver notre énergie, être cinq à nouveau, sinon, il faudra nous contenter de pique-niques matin, midi et soir.

—Ah non, pas ça ! On accélère le rythme, j'ai besoin de repas chauds, moi !

—Pour commencer, enlève les miettes de pain que tu as dans les plis de ta robe, ce n'est pas un garde-manger !

—Qu'avez-vous toutes perpétuellement à me reprocher quelque chose ?

—Je suis très maniaque dans le travail, Ève. Tu devrais le savoir depuis le temps, grince Myriam. Tes miettes glissent du concret dans un moment où tu dois t'abstraire, et ça crée des interférences dans nos missions.

Ève bougonne, en frottant sa robe d'un revers de main agacé.

Elles disparaissent dans les étages.

*

Je reste un moment silencieuse avec Hanna, assise sous les platanes, à regarder le ciel, sans quitter des yeux les nuages fuyants.

—Tu voulais me dire… ? commence-t-elle, alors que c'est elle qui m'a attirée à l'écart.

—Hanna, tu viens de perdre un être cher, pourtant je te sens, comment dire ?… épanouie.

—Lorsqu'une personne que vous aimez part, ceux qui restent pleurent. Mais non parce que cette personne leur manque, simplement parce que chacun pleure sur sa peur de rester seul, d'affronter la vie sans personne à qui tenir la main et surtout la terreur de son propre départ : qu'y a-t-il au-delà de la vie ?

— Un libre-service, tu me l'as dit.

— Où on ne trouve que ce qu'on a construit sur terre.

— Et si tout s'est écroulé, on est au milieu de rien ?

— Non.

— Alors c'est quoi cette *Première Éternité* dont tu parlais ?

— Pour l'instant, fais le ménage.

— Quel ménage ? Tu ne réponds jamais à mes questions. J'en ai marre de ne rien comprendre ! À quoi tu joues, enfin ?

Je me lève brusquement et fais quelques pas. Je sens les yeux d'Hanna sur mon dos. Je viens de lui faire mal. Je n'arrive plus à me contrôler, ses bizarreries m'épuisent.

— J'entends ton âme crier ce chagrin d'amour que tu n'arrives pas à faire passer. De tout ce qui m'a été donné de voir sur cette terre, jamais je n'ai contemplé autant de beautés à venir qu'en te regardant. Des beautés en souffrance, dont tu n'oses rien faire. Il est temps que tu te prennes en main. Sèche ces larmes d'abandon ! Cesse de te croire victime et de te jurer qu'on ne t'y prendra plus ! Parce que je ne veux pas te voir changer ton cœur en pierre pour moins souffrir. L'amour ne s'économise pas. Si on le rationne, si on le bride, si on l'enferme, il S'ÉTEINT ! Tu es en danger d'extinction, Olivia ! Et tu n'as pas le droit. Tu le sais ! C'est pourquoi tu es mal !

Elle s'est levée et je sens ses petits poings me tambouriner le dos. De la colère : tant mieux. Ça change des divagations. J'écoute. C'est étrange, ses paroles ressemblent à un cachet d'aspirine. Effervescentes. Elles me soulagent quand elles devraient me blesser, tellement elles frappent juste.

—Toute ma vie, ici-bas, je me suis battue pour apaiser les maux des êtres qu'on a mis sur ma route. Parce que je crois que chacun est capable d'évoluer. Mais pour cela, je n'éteignais pas toute leur douleur, je leur en laissais le minimum vital. Car, dans la vie, la souffrance est nécessaire pour apprendre. En revanche, celui qui blesse l'âme d'un autre, ne serait-ce que par l'angoisse qu'il lui inflige, blesse sa propre âme. C'est pourquoi il faut, égoïstement, fuir l'injustice et rechercher l'harmonie, chaque jour un peu plus.

Je me retourne, Hanna s'est mise à genoux, son oraison péremptoire s'est transformée en larmes. Elle prend mes mains dans les siennes et me regarde comme si elle implorait une adhésion.

Je me baisse tristement jusqu'à elle.

—Calme-toi, mamy. Tout va bien.

Avec un air obstiné et une voix de petite fille, elle continue son délire, en caressant les graviers autour d'elle. Et moi, je me sens impuissante face à l'état dans lequel je l'ai involontairement plongée.

—Aujourd'hui, mon devoir est de te révéler qui tu es réellement. Quand je l'aurai fait, rien ne sera plus pareil, tu ne te sentiras plus jamais seule et je serai toujours là. Ce n'est pas un vœu pieux, c'est une promesse.

Je me penche et la prends dans mes bras. Elle tremble.

—Mais le jour où, toi aussi, tu partiras, comme Paola, ta promesse ne tiendra plus, mamy.

—Le propre d'un serment, c'est qu'il ne peut être rompu, même dans cet invisible *Après*.

Je l'enlace plus fort. Il faut peut-être que je rentre dans son jeu pour l'apaiser. Je me lance, dans un élan faussement calme, chargé d'angoisse.

—Et je suis qui, alors, *réellement* ?

—L'hérédité biologique n'est pas ta seule origine. Ta mère disait de toi, avec une prétention pardonnable : « C'est la chair de ma chair ». Moi, je pourrais te glisser modestement : « Tu es l'âme de mon âme ».

Je la repousse délicatement par les épaules pour la voir frissonner dans sa divagation biblique. Ses yeux sont toujours fixés sur le sol ; elle s'est ratatinée, en petite boule.

—Et ça veut dire quoi, Hanna ?

—Reste ici quelques jours, et tu comprendras de quoi je parle.

La gorge serrée, je hoche la tête.

—Si ça te fait du bien, alors je reste.

Elle se redresse, soudain radieuse, et me lance :

—Je prendrais bien un peu de vin de noix. Tu veux ?

Huitième jour

Je me fais porter pâle pour la semaine en passant un premier coup de téléphone à la compagnie aérienne, puis à Solange, dont le beau-frère délivre des arrêts maladie. Enfin, je rappelle Laure pour la rassurer sur les envoûtements et incantations présumés, et lui raconter ce qui se passe ici.

— C'est quoi, cette histoire d'hérédité de l'âme ? Elle essaierait pas de te jeter un sort, ta mémé ?

— Je ne pense pas. Je crois plutôt que le départ de Paola, comment dire… ? Ça la travaille.

— Elle fait quoi comme job, la morte, maintenant ?

— *A priori*, la suite de ce qu'elle a fait sur terre. Mais toutes ces infos sortent d'un esprit dérangé par l'âge, Laure.

— Ouais. Et à part retraitée à la cambrousse, elle s'activait dans quelle branche, la Paola ?

— Sage-femme.

— Sympa. Tu crois qu'on accouche de l'aut' côté ?

—Aucune idée… Tu sais, je ne me suis jamais vraiment sentie la fille de ma mère. Mon enfance, c'était comme une maison que j'aurais rêvée, dessinée sur plan avant de naître, et puis, une fois à l'intérieur, je ne reconnaissais plus rien. À part Hanna. Et là, je sens qu'elle n'en a plus pour longtemps.

Cet aveu libère brutalement un sanglot retenu depuis des semaines. Je ne peux plus m'arrêter de pleurer. En plus, j'ai reçu un message de mon banquier : compte bloqué pour défaut de provision. Tout part en factures ! Mon seul luxe : venir ici voir des vieilles femmes en fin de vie ! Ce qui me reste de famille va mourir, je n'ai pas d'argent, plus d'homme : je viens d'amorcer la spirale de la descente aux enfers ! Et même ma raison me trahit…

—Olivia ?

—Oui…

—Tu t'es toujours sentie différente. Ce malaise que tu sens non stop, eh ben, c'est peut-être parce que tu fais pas ce pour quoi t'es faite. Alors, c'est le moment de trouver un petit bout d'explication, tu n'crois pas ? Allez, lâche-toi, pleure un bon coup si ça te fait du bien, mais n'oublie pas une chose…

—Laquelle ?

—D'écouter cette petite voix dont tu me parles depuis que j'te connais, celle qui fait la bringue dans ton esprit.

Laure est inhabituellement sérieuse, ce qui me déstabilise encore plus.

—Tu vois de quoi j'parle ?

—Oui, je vois : mon intuition… ou ce qu'il en reste.

—T'es la clé de voûte de ton existence, Olivia, alors bouge-toi !

—Laure ?

—Ouais ?

—Merci.

—De rien, ma grande. T'inquiète pas, je reste en éveil, je ne baisse pas la garde ! Moi, le mystère, ça m'a toujours excitée ! Et j'suis sûre qu'on va en apprendre de belles ! En tout cas, j'peux te dire une chose : si on choisit sa mère sur catalogue avant de venir sur terre, je m'suis fait arnaquer de première. Il doit bien se marrer, le promoteur !

*

Laure raccroche. Elle n'a jamais entendu Olivia sombrer à ce point-là. Jusqu'à présent, elles arrangeaient leurs malheurs autour d'une bonne bouteille et de quelques pétards. À la cool.

Elle s'en voulait d'avoir menti, par omission, à sa meilleure amie, mais comment dire à Olivia qu'une page s'était tournée et que chacune venait d'être rattrapée par des angoisses bien terrestres : le tourbillon de la misère pour l'une, des chutes de tension répétées pour l'autre.

Laure, la bouche pâteuse, se lève pour se servir un verre d'eau. Mais, brusquement, tout ce qui l'entoure valse autour d'elle. Elle se sent sombrer, happée par le décor. Sans avoir le temps de se rattraper, elle s'effondre. Inconsciente.

Elle n'a pas vu sa chute se faire au ralenti, comme si son corps était retenu par une main invisible.

Quelques heures plus tard, Laure se réveille, allongée sur le sol. Engourdie et frigorifiée, elle se redresse difficilement. Ses jambes sont molles, sans force. Elle rampe alors jusqu'à la table basse, et saisit son téléphone.

Encore un instant à tenir avant que les secours n'arrivent. Elle tire un sweat-shirt échoué sur le canapé et se roule dedans. Tout ça va bien trop vite, elle n'est pas préparée. Pas encore. Pas maintenant.

Dans un brouillard, Laure entend la sirène du SAMU, puis le fracas de sa porte d'entrée défoncée. Trois hommes se précipitent sur elle, elle lâche prise et s'évanouit de nouveau.

Neuvième jour

Depuis deux jours, je passe mon temps dans la nature avec Hanna. Je l'écoute attentivement faire des observations sur les mœurs des oiseaux et l'état de santé des arbres, des révélations sur les harmonies entre les racines et les champignons, donner des explications sur le langage des abeilles, leur manière d'indiquer à la ruche, par une danse en forme de huit, l'emplacement et la distance des fleurs à butiner… Quand j'essaye de ramener la conversation à moi, Hanna me répond simplement :

— Et que fais-je d'autre ? Comment veux-tu te connaître, si tu ignores les lois du monde qui t'entoure ? La sagesse commence par la curiosité.

J'écoute d'une oreille distraite. Je n'ai pas de nouvelles de Laure, et ça m'inquiète. Je laisse des messages, mais elle ne me rappelle pas. Je dois la saouler avec mes histoires. Pourtant j'avais l'impression que ce plongeon dans l'irrationnel de ma situation l'amusait.

*

Après une nuit passée aux urgences, une batterie d'examens et une ordonnance, Laure, n'en pouvant plus, s'est exfiltrée d'office. Sans rien demander à personne, elle a décalé tous ses rendez-vous et squatte l'appartement d'Olivia. Il faut accélérer le mouvement : ses problèmes de santé attendraient encore un peu. Olivia semble prise au piège d'une machination que ni l'une ni l'autre n'arrive à définir. Tout ceci est incompréhensible et d'autant plus dangereux que ça fait du bien à Olivia. Le dérapage est proche, elle le sent.

Laure est plongée dans « l'hérédité de l'âme ». Son moteur de recherche lui a fourni, à partir de ces mots-clés, des théories bouddhistes, des pratiques Vaudou, des recherches en génétique. Elle surfe de l'une à l'autre, lorsque la sonnette de la porte d'entrée retentit. Elle n'attend personne. Olivia non plus, puisqu'elle n'est pas là. L'appréhension collée au ventre, Laure dévale silencieusement l'escalier et glisse un œil indiscret dans le judas.

Avec un soupir de lassitude, elle ouvre la porte en grand.

—Bon, tu veux quoi ?

Alexandre est face à elle. Surpris par l'accueil, il bégaye :

—Olivia... n'est pas là ?

—Non. Et pour toi, c'est définitif. Elle veut plus te voir.

—Pourtant elle m'a appelé. Alors, mêle-toi de ce qui te regarde !

Alexandre bouscule Laure et pénètre dans l'appartement. Elle claque la porte d'entrée et lui emboîte le pas pour essayer de le retenir.

—J't'ai dit qu'elle était pas là ! Alors dégage !

Après avoir poussé la porte de la salle de bain et fait le tour de l'appartement pour vérifier si Olivia ne se cachait pas, Alexandre s'enfonce dans le canapé et croise les jambes.

—Bon, tu veux quoi au juste ? lance Laure, au bord de la crise de violence, ce qui ne semble pas émouvoir Alexandre, bien au contraire.

—Juste voir Olivia. Elle est où ?

—J'en sais rien.

—Menteuse.

—Va te faire foutre !

—Pas avant d'avoir eu ma réponse. Elle est où ?

Buté, Alexandre se rencogne dans le canapé. Son téléphone vibre, il le sort de sa poche de chemise.

—Elle m'a téléphoné hier et, depuis, mon téléphone n'arrête pas de sonner, sans numéro, sans message. Dis-moi où elle est !

Il faut quelques secondes à Laure pour faire le rapprochement entre le téléphone d'Alexandre et celui d'Olivia. Mêmes symptômes. Elle s'assied en face de lui, plus conciliante.

—Vous n'en avez pas marre de vos jeux à la con : « et je l'appelle en planquant mon numéro, et je raccroche ». Vous avez passé l'âge, non ?

—Ce n'est pas un jeu. Pour moi, en tout cas. Dis-moi où elle est, s'il te plaît.

—Et pourquoi je te le dirais ?

—Parce que… parce que je l'aime.

Alexandre affiche une tête de chien battu qui, pour autant, ne déstabilise pas Laure :

—À d'autres ! Laisse-la tranquille, elle s'en remet à peine de tes conneries.

—Je t'en supplie…

—Pas de supplication avec moi ! Allez, va-t-en !

Alexandre se relève, sa fierté malmenée par une déception qui ne lui ressemble pas.

Subitement, l'ordinateur s'éteint. Laure regarde l'écran, intriguée par cette coupure d'alimentation : la prise est toujours branchée, la lumière de la pièce allumée.

Alexandre suit son regard, et l'ordinateur se rallume aussitôt. Laure n'en croit pas ses yeux : à la place de sa fenêtre de recherches, il y a la fiche de renseignements du cadastre. Elle clique vivement pour fermer le dossier, de peur qu'Alexandre ne découvre l'adresse des Pierres Vives. Mais comment ferait-il le lien, lui qui n'a jamais voulu rendre visite à Hanna, durant sa relation avec Olivia ?

D'ailleurs, il est déjà dans les escaliers, en train de lui balancer avec aigreur que, si elle était vraiment l'amie d'Olivia, elle ne le traiterait pas comme elle vient de le faire.

— Pauvre type ! marmonne Laure, tandis que la porte claque. T'inquiète pas, ma chérie, j'allais pas, en plus des vieilles, t'envoyer ce débile.

*

Il est dix-huit heures lorsque Gérard passe la porte de la maison de gardien, sa journée de taxi terminée. Il quitte ses mocassins, se sert un verre de vin et appuie sur la télécommande en se calant dans son fauteuil. Joseph entre. Il a l'air absent, fatigué, inquiet.

— Ça n'a pas arrêté, depuis ce matin. Les grésillements ont même envahi le grille-pain, essayant de mettre le feu à la maison. Je ne sais plus comment faire, Gérard !

— Ben, détends-toi, prends un verre et viens t'asseoir, il y a *Questions pour un champion.*

—Je n'ai pas envie de m'asseoir, je veux les arrêter !

—Ne tourne pas en rond, tu sais bien que ça me donne la migraine. Et ce n'est pas en t'énervant, comme d'habitude, que tu vas y arriver. Concentre-toi. Demande de l'aide. Ça sera plus efficace que ronchonner dans le vide.

Gérard se lève pour lui servir un verre. Soudain, la télévision s'éteint, puis se rallume. Sur l'écran, une neige grisâtre crépite.

—Ah, non ! Pas ma télé ! lance Gérard indigné.

Il lâche la bouteille de vin pour retenir Joseph, qui déjà s'élance sur le poste, brandissant un cendrier en cristal. Les deux hommes s'arrêtent, tétanisés. La voix grince au milieu des parasites, enrouée, métallique, menaçante.

—... en... route... vers... vous... destruction...

C'est la première fois de sa carrière que Joseph affronte des puissances maléfiques aussi fortes. Au début, il croyait qu'elles se trahissaient par bêtise et arrogance, en formulant leur intention de nuire. Mais depuis, il avait compris que c'était cette formulation même qui leur donnait le pouvoir d'agir sur la matière, de s'insérer dans les vibrations du monde visible.

Il avait tenté la veille d'inverser la charge sonore des messages qu'il avait déjà enregistrés, et de les retourner contre les nouvelles voix pour les neutraliser. Mais celles-ci avaient changé de fréquence, comme un virus qui mute.

Joseph, l'oreille collée au téléviseur, écoute. Plus rien. Julien Lepers réapparaît sur l'écran avec sa fiche à questions. Joseph court à la table, note la bribe de phrase qu'il a captée. Il panique. Il n'est pas armé pour un bras de fer si musclé. Pourquoi les voix viennent-elles perturber cette initiation-là, alors que celle de Gabrielle s'était si bien passée ? Comment réagir ? Comment protéger Olivia contre les Ombreux qui veulent la détruire pour anéantir le pouvoir des Pierres Vives ?

Dixième jour

Je viens de recevoir un texto de Laure me disant qu'elle m'appellera tout à l'heure. Ça me rassure, elle va bien.

Ce matin, une petite pluie fine charge l'atmosphère. Hanna décide de nous ramener à la coupole, près du lac.

La lumière, filtrée par le lierre, joue avec les ombres sur nos visages, accentuant nos expressions, donnant plus d'ampleur encore aux émotions couvant sous les phrases. Et moi, j'ai pris mon parti de ne plus quitter Hanna. Sans résignation, d'ailleurs. Peut-être ces moments avec elle sont-ils les derniers ? Alors, je ne veux pas les manquer, même s'ils paraissent aussi surréalistes qu'empreints de sagesse.

— Lorsque j'entends le récit de ton histoire avec Alexandre, je m'aperçois que tu ressasses des faits au lieu de chercher la vérité. Calme ton esprit et trouve la paix pour te connaître. C'est le grand but d'une existence, ça : savoir qui nous sommes à travers ce que nous sommes capables de faire. Aujourd'hui, tu arrives au moment de ta vie où tu dois savoir. Entends-tu une voix dans ta tête ?

— Parfois. On appelle ça l'intuition, je crois.

— Oui et non. Et que te dit-elle ?

— C'est un peu confus. Surtout en ce moment.

— Écoute-la mieux, elle te guidera. Tu t'es déjà engagée sur le chemin, alors accueille la lumière en toi, quitte à faire le deuil de tous les faux-semblants, de tous les clairs-obscurs derrière lesquels tu te protèges. As-tu ce courage ?

Je me relève brusquement pour faire quelques pas et m'éloigner des insinuations d'Hanna. Elle s'avance silencieusement, ses pas couverts par le bruit de la pluie sur les carreaux. Je sens ses mains se poser sur mes épaules. Elle me fait pivoter. Je la fixe. Tout ce qu'elle me révèle avec une inquiétante parcimonie me fait trembler d'incertitude.

—Tu es prête, ne crains rien. Prête à devenir toi-même.

Je balaye du regard l'intérieur de la verrière, puis mes yeux reviennent se poser sur son visage si paisible. J'ai peur. J'ai peur de comprendre ce qu'elle me dit : devenir soi-même signifie soudain sauter dans l'inconnu.

Toutes les paroles d'Hanna qui paraissaient si décousues trouvent à présent leur sens, mises bout à bout... Qui suis-je au fond de moi et que me raconte cette vieille dame ? Prête à quoi ? Je perds pied. Rien de tout ça n'appartient aux réalités sur lesquelles j'ai construit ma vie, réalités tellement friables, qui s'effondrent autour de moi, d'ailleurs. Il faut me reconstruire sur des bases plus solides, mais lesquelles ? Je prends mon courage à deux mains, gagnée par le sérieux qui m'entoure à présent. Une sorte d'exaltation m'envahit, laissant prise aux paroles d'Hanna. Alors, je chasse mes craintes, mes doutes, et je lui parle de mes récents face-à-face avec des revenants.

Je n'arrête pas de m'interroger sur ces visions... sur leur précision surtout. Je me demande si elles ne sont que le produit de mon imagination, car le phénomène s'est reproduit avec mon père. Lorsque sa voix s'annonce d'un murmure presque imperceptible, je prête une oreille plus attentive, en retenant ma respiration de peur que l'image ne vienne pas ou disparaisse aussitôt. L'étrange rencontre dépend peut-être de ma concentration ? La voix m'amène peu à peu vers un calme profond. Les contours se dessinent tout doucement, d'abord flous, puis de plus en plus distincts, à mesure qu'un grand froid se fait autour de moi.

Rien de tout ce que je viens de révéler n'a l'air de perturber Hanna.

— C'est normal, pour la baisse de température, me dit-elle d'un ton anodin. Les âmes ont besoin d'énergie pour se matérialiser. Elles l'empruntent où elles la trouvent : dans l'atmosphère, dans les ondes magnétiques, dans le courant électrique. Même les fleurs perdent leur parfum lorsqu'un esprit se manifeste. C'est pourquoi nous forçons un peu sur le jasmin, ici.

— Tu es en train de me dire que toi aussi, vous toutes, ici, vous voyez… des disparus ?

— En un certain sens, oui.

— Et… tu n'as jamais eu peur de la mort ?

— De ma mort à moi ? La première fois, si, comme tout le monde.

Je reste bouche bée. Moi qui commençais tout juste à admettre un semblant de transmission générationnelle, voilà qu'Hanna plonge dans un délire de karma et de morts successives !

— Tu veux dire que tu as eu plusieurs vies ?

— Plusieurs brouillons de la même vie, bien sûr.

— C'est quoi la mort, alors ?

Elle soupire : pour certains, ce n'est qu'un espace vide, un infini de nuit sans étoiles, sans souvenirs, sans désirs : *l'hiver de l'âme*. Mais peut-être n'est-ce qu'un début : l'ultime étape, la dernière épreuve pour apprendre à traverser la ligne de force entre la fin d'une vie et la continuité d'une tâche.

— Et au-delà de cette ligne, qu'y a-t-il ? Tu le sais, toi ?

— Au-delà du libre-service dont je t'ai parlé, tu découvres une terre nouvelle inondée de lumière, celle qui rassemble les âmes, celle qui ramène les abeilles à la ruche.

— Mais si c'est tellement merveilleux, pourquoi es-tu revenue ici ? Et pourquoi papa semble-t-il ne jamais y avoir accédé ?

— Certaines personnes retirées de la vie trop tôt, comme ton père, font des apparitions sur cette terre avec la mission de guider les pas de ceux qu'ils aiment, jusqu'à ce que ces êtres trouvent leur voie. Mais la tâche n'est pas simple. Il ne faut pas effrayer, ni empiéter sur le libre arbitre. C'est pourquoi, dans un premier temps, les vivants n'entendent que la voix des défunts, qu'ils appellent leur « voix intérieure », leur « intuition », si tu préfères.

Je lève l'index pour couper court à sa moquerie, ce qui la fait sourire.

— Mais si les vivants reconnaissent la présence de leurs disparus et s'ils l'acceptent, comme tu l'as fait, Olivia, alors ces disparus peuvent se détacher de la Lumière et renouer pour un temps avec la matière, remplissant leur rôle de guide, pour ensuite rejoindre les vibrations de l'autre monde.

Je lève doucement la tête pour faire un signe à la silhouette familière qui se tient debout, au fond de la pièce. Étrangement, je n'ai plus peur.

— Il est là ? me demande Hanna.

— Oui, juste derrière toi.

— Je ne l'ai jamais revu depuis qu'il est parti. Il n'est pas mon protecteur, tu monopolises son énergie, mais mon cœur n'a cessé de battre pour lui et mes prières se sont élevées pour la paix de son âme.

— Il le sait, mamy. Il le sait.

Hanna essuie d'un geste rapide la larme qui coule sur sa joue. Ça doit être triste pour elle de ne pas pouvoir contempler son fils. Mais je pense qu'elle le devine, elle le sent. Elle doit l'imaginer comme au temps où elle le portait en elle.

La pluie s'est calmée et les nuages se dissipent. Nous tenant l'une contre l'autre, nous rentrons à la maison.

— J'ai encore une chose à te raconter, mais…

Elle laisse sa phrase en suspens.

— Oui, quoi ?

— Il faut que je te parle plus précisément de ces salons littéraires…

*

La Salle des Mémoires est baignée de lumière si blanche qu'elle paraît opaque. Trois ombres se faufilent dans l'entrebâillement de la lourde porte dissimulée dans les boiseries du salon.

— J'ai vraiment un problème avec ma mission du jour, marmonne Gabrielle, en mettant l'unité centrale sous tension.

Myriam la pousse légèrement et prend les commandes.

— C'est pour ça que nous sommes là. Pour consulter.

— Vu ce que tu nous racontes, je te conseille le cas numéro 107 323, s'interpose Ève, qui glisse une main entre ses amies et appuie sur une touche au symbole étrange.

En quelques secondes, un petit Cahier lumineux descend jusqu'à elles, flottant comme une plume dans l'espace de la pièce.

— Mais, non ! Elle va s'y perdre ! Le cas 473 276 est beaucoup plus explicite ! la houspille Myriam, tout en se cramponnant aux commandes de l'ordinateur.

Un second Cahier flotte maintenant dans les airs, sous le nez de Gabrielle.

— Je ne trouve pas ! proteste Ève. Dans le 107 323, nous avons affaire à un cas d'aliénation conjugale, avec hallucinations délirantes et pulsions morbides polymorphes ! C'est très instructif et ça colle avec la mission de Gabrielle.

— Mais pas autant qu'un cas de maniaco-dépressif, avec ingestion de polygraminées mortifères !

— Arrête, Myriam, tu vas me donner faim, grogne Ève, en passant une main discrète sur son ventre.

— De toute façon, le 473 276 reste plus souple dans sa résolution !

— Mais le 107 323 est encore en vie ! Et très heureux.

— Ne me parle pas sur cette onde vibratoire, je te prie ! s'offusque Myriam, le visage grimaçant.

Maintenant, les deux vieilles dames se disputent le joystick de l'unité centrale, provoquant une valse lente de Cahiers au-dessus de leurs têtes.

— Bon, on fait quoi alors ? Parce que là, ça urge ! s'impatiente Gabrielle, mains sur les hanches, alors qu'un des cas numérotés lui heurte la tête.

— On prend celui-ci, affirme Myriam, en affrontant le regard furibond d'Ève.

Elle attrape le Cahier contondant et le tend à Gabrielle, qui se frotte le crâne.

— Je préfère prendre les deux et je me ferai ma sauce personnelle, conclut Gabrielle, arrachant le Cahier qu'Ève dissimule dans son dos.

Soudain, Ève s'arrête, tendant l'oreille :

— Ne faites plus de bruit, elles arrivent dans le salon.

Les autres Cahiers reprennent instantanément leur place sur les étagères.

*

Entrant dans le salon, je tire les lourds rideaux et ouvre la fenêtre. Hanna, elle, s'installe dans l'un des canapés. Je la rejoins en consultant mon portable : plus de batterie. Dommage, j'avais besoin d'une petite pause Laure. Hanna poursuit son récit.

— Comme je te l'ai dit, ma mère organisait des soirées « littéraires » et, lorsqu'elle a quitté ce monde, j'ai repris le flambeau. Ton père n'a jamais su exactement ce qui s'y passait, mais je voyais bien qu'il sentait quelque chose de différent, comparé aux familles de ses camarades d'école. Il ne s'en est jamais ouvert, même plus tard. Je crois qu'il ne voulait pas que ta mère le sache. Catherine était si rationnelle dans ses pensées, jusqu'à en paraître insensible... Convenable dans ses attitudes, jusqu'à ne refléter que le vide.

—Je sais. Je sais qu'elle était comme ça. Pas besoin de s'étaler là-dessus.

Mes pensées s'assombrissent et me ramènent à cette nuit de Noël qui a emporté mes parents.

—J'aimerais tellement qu'elle me manque, elle aussi.

—Quelque chose qui ne te rend pas triste, c'est quelque chose que tu as oublié. Ta maman est dans ton cœur, même si tu te protèges encore d'elle. Même si tu ne lui laisses pas la parole.

Je vois qu'Hanna s'en veut, elle aussi. Mais qu'aurait-elle bien pu faire pour nous rapprocher, Catherine et moi ? Rien. Ça ne s'apprend pas, être mère. Et malheureusement, sans complicité maternelle, on grandit mal. Et on se sent si peu aimable.

—Revenons à ce qui nous intéresse. Ces premiers mardis de chaque mois n'étaient pas vraiment consacrés à la lecture, en tout cas, pas à celle que tu crois. Nous étions déjà cinq et échangions nos pensées, nos paroles sur les bonnes actions vécues, en cours ou tout simplement en devenir.

—De quelles B.A. parles-tu ?

—J'y reviendrai. Pour le moment, il faut que tu connaisses la vie de Paola. Elle t'aidera à comprendre ce qui se passait déjà à l'époque et ce que nous faisons ici.

—De quoi parles-tu ? Que faites-vous ici ?

—Patience. Tu vas tout comprendre. Fais-moi confiance.

Elle extrait, coincé entre un coussin et l'accoudoir du canapé, un Cahier à la couverture blanche, d'une luminosité variable.

—Qu'est-ce que c'est ?

—La vie de Paola. Son Cahier d'absence, son cadeau de départ.

Les mains à plat sur la couverture, elle commence à parler comme si l'ouvrage lui soufflait son contenu. Je me cale bien dans les coussins, avec une certaine hâte d'entendre cette histoire, ainsi qu'Hanna les racontait quand j'étais petite. Je suis heureuse de ces relents d'enfance. Ils me rassurent.

—Tout a commencé dès son berceau. Ses premiers pas vers les autres, elle ne savait comment les faire. Je crois qu'elle ne savait même pas par quel pied débuter ! Alors elle a commencé à mendier. D'abord l'amour de sa sœur, qui ne lui a répondu que par la brutalité et le noir d'un placard, avec juste un rai de lumière sous la porte.

La voix d'Hanna se dilue peu à peu. Un brouillard opaque envahit mon champ de vision. Brusquement, un vertige douloureux me saisit, je me sens vide. En chute libre. Puis la lumière revient, éclairant une scène que je ne connais pas…

Je suis debout dans une chambre d'enfant, terrorisée. Mais ma peur est vite supplantée par ma curiosité.

Deux fillettes jouent, assises sur le tapis. Soudain, l'aînée se lève, gifle la petite et la traîne pour l'enfermer dans le placard. Une femme passe devant la porte de la chambre entrouverte.

— Tout va bien ?

En entendant le ton doucereux de l'aînée lui affirmer qu'elle joue tranquillement, je hurle que tout va mal, désignant du doigt le placard ! Mais personne ne m'entend.

— Tu viens avec moi, je vais faire des courses ?

— Oh, oui, maman !

— Où est Paola ?

— Je ne sais pas.

— Encore une de ses lubies, soupire la mère. Allez, viens, tant pis, nous y allons sans elle.

Elles quittent la pièce, main dans la main, heureuses.

Je m'agenouille alors devant la porte fermée du placard, la petite ne tambourine même pas.

— Allez, frappe à la porte, Paola, demande de l'aide…

Après un instant, le silence est perturbé par une voix fluette :

— Je ne peux pas…

Elle m'a entendue ! Paola peut m'entendre !

Aussitôt, tout devient flou autour de moi. Chaque élément du décor s'efface. Je tends désespérément la main vers le placard pour ne pas laisser Paola seule, l'emmener avec moi. Mais il s'éloigne jusqu'à disparaître.

Je rouvre les yeux, je suis agrippée à l'accoudoir du canapé des Pierres Vives. Je regarde tout autour, affolée. Hanna est assise en face de moi et m'observe.

— Qu'est-ce qui m'est arrivé ?

— Tu viens de faire un voyage astral.

— Qu'est-ce que s'est ?

Terrifiée, je suis au bord de la crise de nerfs.

—Le temps est un millefeuille, Olivia. Passé, présent, futur, tout se déroule en même temps. Tu viens juste de prendre une porte qui mène de l'un à l'autre, à travers ce Cahier.

Je suis désorientée. Comment est-ce possible ? Hanna m'a droguée ! Je rêve éveillée ? Alors, elle se lève, pose sa main sur mon front et ma tempête intérieure s'arrête instantanément.

—Si tu préfères, ce sont des rêves dans les rêves. Des rêves gigognes qui font la réalité de ce monde et nous, nous sommes le produit de ces rêves dans les rêves : une illusion.

—Mais c'est absurde !

—Oui et non. J'en reste donc à mon voyage astral. Et tu en vivras d'autres.

Je suis étrangement calme, comme anesthésiée. Hanna m'explique qu'il faut parfois improviser lorsque l'urgence se présente. Je ne comprends pas son besoin de gain de temps. Elle me demande alors de remercier Paola et d'écouter la suite de son histoire. J'acquiesce, comprenant que les phénomènes survenant aux Pierres Vives dépendent d'une réalité qu'il me faut découvrir.

—Au début, Paola était terrorisée. Mais petit à petit, elle s'est habituée. Elle ne voyait que des ombres sous la porte. C'est à ce moment-là que les histoires sont nées dans sa tête. Une première histoire pour excuser sa sœur et trouver une part, même infime, d'amour dans ces gestes de violence. Un jour, Paola nous a confié que, lorsque le noir se faisait autour d'elle, une drôle d'impression l'envahissait, une sorte de gratitude. Son cœur se serrait un peu, mais elle n'avait pas peur parce qu'elle savait, grâce à son expérience, que derrière chaque porte, il existe la lumière.

—Avait-elle raison ?

—Oui, bien sûr qu'elle avait raison. Lorsque la porte de son placard s'ouvrait, elle explorait le monde qui l'entourait, étrange et si peu familier. Sa mère répétait alors, à qui voulait l'entendre, que sa fille vivait dans les nuages. Certainement une façon d'excuser les absences de sa plus jeune enfant, et de ne pas voir la réalité de cette maltraitance. Paola, elle, prenait l'habitude des nuages. Elle y était un peu seule, mais au moins, elle y était tranquille.

—Comment arrives-tu à raconter cette histoire sur le ton d'un conte de fées ? Et pourquoi je ne refais pas de voyage ?

—Chaque vie est un conte. Pour le voyage, c'est ton état émotionnel qui l'a provoqué. La chimie des émotions déclenche parfois des bilocations, des voyages astraux, parfois même des guérisons. Mais ce n'était pas prévu pour aujourd'hui.

—Pas prévu ? Mais de quoi parles-tu ?

Hanna me pose à nouveau la main sur le front, une sérénité instantanée m'envahit et les questions disparaissent — ou ne veulent plus s'imposer. Elle reprend, comme s'il fallait que j'entende cette histoire. Malgré moi.

—Paola s'est alors tournée vers sa mère et a mendié sa tendresse. Mais sa maman n'avait pas le temps. Entre elle et sa fille, elle n'avait su glisser qu'un voile d'indifférence. Avec ses yeux d'enfant, que pouvait comprendre Paola de ce défaut d'amour ? Rien. Mais elle lui a pardonné.

—Comment une mère peut-elle faire ça à son enfant ? Elle ne voyait pas que sa fille souffrait ? Qu'on la frappait ! Qu'on l'enfermait !

—Il existe beaucoup de gens peu sensibles ou… très distraits. Sa mère devait en faire partie. Mais Paola, elle, l'a aimée de cet amour qui colle à la chair.

Les souvenirs remontent. Les images de ma mère se projettent devant mes yeux. Moi, lui avais-je pardonné ? Je n'en savais rien. Même après sa disparition, elle avait réussi à faire mal. À l'ouverture de son testament, on avait découvert sa dernière volonté, surprenante d'animosité. Elle ne souhaitait pas s'allonger pour le *repos éternel* auprès de l'homme qui avait partagé sa vie. Mon père.

Je laisse maman de côté pour écouter la suite de l'histoire, je n'ai aucune envie qu'Hanna m'anesthésie la pensée une nouvelle fois.

—Paola a continué sa route d'un pas hésitant dans cette famille que sa naissance lui avait imposée, ou qu'elle avait choisie en revenant.

—Hanna, tu crois vraiment qu'on revient sur terre avec une liste d'expériences qu'on a choisi de vivre ?

—Bien sûr. Tu élabores ta feuille de route et ton cahier des charges, en fonction de ce que tu as à apprendre dans ta nouvelle vie.

—Et, d'après toi, c'est pour tout le monde pareil ?

—Oui.

—Mais, alors, pourquoi Paola a-t-elle si mal choisi ?

—Il n'y a rien de mal dans son choix. C'était le sien, c'est tout. Elle a d'ailleurs choisi aussi un père trop pudique, pour qui les mots d'amour n'étaient qu'un aveu de faiblesse. Elle aurait aimé qu'il soit celui qui lui montre le chemin, mais il n'a su que fuir et la semer en route. Les rares fois où elle laissait éclater sa détresse dans ses larmes, son père la giflait pour qu'elle arrête ce qu'il appelait des « caprices ». Il lui répétait que, dans la vie, « il faut s'endurcir, sinon on est fichu ». Paola m'a toujours dit qu'elle pensait cet homme bien plus torturé qu'elle. C'est pour cela qu'elle ne lui a jamais rien dit. À lui non plus.

Une colère souterraine monte en moi, impossible à contenir.

— Mais comment peut-on avoir si peu d'amour pour sa propre chair ? Ces gens ne méritent pas d'avoir des enfants ! Paola ne méritait pas ça ! Et si on choisit, comme tu dis, alors pourquoi avait-elle pris un père au rabais, une mère transparente et une sœur violente, hein ?

— Chut... Calme-toi... Paola avait certainement besoin de ce décor affectif pour évoluer, se forger et devenir ce qu'elle a été. Mais elle a eu aussi des moments d'immense bonheur. Écoute la suite et tu comprendras que le mal que peut éprouver un être n'est rien, s'il sait convertir cette énergie en amour.

— Rien ne peut justifier la souffrance d'un enfant ! Rien n'est pardonnable à des salauds qui maltraitent leurs gamins !

Je vois bien qu'Hanna s'amuse de mon emportement, mais elle continue, imperturbable. Ça me dépasse ! C'est comme si elle n'accordait aucune importance à la souffrance !

—Vers l'âge de vingt ans, Paola s'est mariée. Mais personne ne lui avait appris à trouver l'équilibre en ce monde. Cette allure mal assurée fut perçue comme une faiblesse. Son mari fit renaître alors l'humiliation et la violence dans sa vie. Se sentant si différente des autres, elle médita longuement et un premier déclic se fit. Elle crut comprendre, enfin : les êtres humains, lorsqu'ils aimaient, frappaient, mentaient, humiliaient et désarticulaient les êtres choyés. C'était cela, l'amour ! Mais elle n'avait pas assez de force pour aimer comme eux ! Alors elle se laissa aimer, sans rien dire. Elle ne souffrait plus, parce que les violences qu'elle subissait étaient l'expression d'une affection. Mais peu à peu, Paola devint un être abstrait. Sa tête se vida d'envies, son souffle fut plus court, parfois même il s'arrêtait, ses muscles se contractaient et elle devenait une petite boule de nerfs à vif, en apnée. Là, elle avait mal. Ses crises durèrent très tard dans sa vie. Au moment de leur apparition, elle pensa qu'elle se transformait en boule d'amour. C'est amusant, non ?

—C'est un vrai cauchemar, oui ! Pourquoi veux-tu que j'écoute cette horreur ? Ça t'amuse ? Moi, pas.

Hanna se lève, visiblement énervée.

—Pourquoi s'arrêter au moment où tu vas comprendre comment elle a fait pour s'en sortir ?

Qu'est-ce qu'une histoire pareille peut m'apporter ? Et pourquoi Hanna se met-elle dans cet état ? Je ne l'ai jamais vue sortir de ses gonds ainsi.

—Laisse-moi continuer ! Je fabrique ton potentiel !

Je m'enfonce dans le canapé, pose un coussin sur mon ventre pour me cacher un peu, et lance pour détendre l'atmosphère :

—Il va être joyeux, mon potentiel.

—Je ne te le fais pas dire, réplique Hanna, qui me fixe durement encore un instant.

Puis, d'un coup, elle reprend comme si de rien n'était :

—Un enfant. Il grandissait en elle et, le jour où elle a senti les petites mains de son bébé à travers sa peau tendue, elle s'est juré que personne ne le ferait jamais pleurer.

—Et elle est partie ?

—Oui, elle a quitté son mari, le père de l'enfant. Son pays. Tout. C'est là qu'elle est venue en France.

—Ça ne devait pas être évident de tout plaquer, à l'époque. Mais elle a bien fait.

—C'est vrai qu'il lui a fallu beaucoup de courage pour se battre seule. Son petit lui a insufflé la force nécessaire. Il ne manquait de rien et son sourire le lui disait. Pour cela, elle a été la plus heureuse des femmes. Cet enfant lui a réappris à vivre. Ses bras étaient là pour lui. Mais ceux de l'enfant ne pouvaient la contenir en entier, même s'ils étaient si grands d'amour. Alors elle a marché un peu plus loin et a mendié à nouveau l'affection d'un homme. Et il la lui a donnée. Il ne frappait pas, c'était un intellectuel, lui. Il la détruisait à petit feu pour ne laisser place qu'à un doute omniprésent. « Je ne savais plus ce que je savais », disait-elle. Il la contrôlait. Elle en avait conscience, mais son corps ne réagissait plus. Elle se sentait inutile, bête et honteuse. Elle ne respirait plus, absorbait son oxygène à lui, c'est tout. Lorsqu'il n'était pas là, elle était paralysée dans l'attente. Son esprit aussi. Elle ne s'appartenait plus. Il la possédait. Et un jour, il l'a abandonnée, sans préavis. Elle ferma les yeux un instant et, lorsqu'elle les rouvrit, elle regarda son enfant. Il avait confiance en elle. Alors elle effaça d'un coup toute l'histoire vécue avec cet homme pour continuer à rester droite devant son fils. Sa force était le regard de cet enfant.

Un bruit provenant de la cuisine attire mon attention. J'avais oublié un instant que tout tourne autour des rituels alimentaires, ici. Et aussi surprenant que cela puisse paraître, dès 16 h, tout le monde s'active déjà pour préparer le dîner.

—Tu crois qu'elles ont besoin d'aide ?

Hanna me retient dans ma lancée, puis fixe bizarrement l'un des murs de la pièce.

—Laisse-les faire, elles sont grandes, depuis le temps.

*

—Mais qu'est-ce qui se passe ? s'affole Gabrielle en passant la porte de la cuisine. Où est le plafond ? Et le mur du cellier ?

—C'est la catastrophe, depuis que Paola est partie ! confirme Ève. Il faut se concentrer. On a de moins en moins de cuisine !

—Cuisine à ciel ouvert, comme c'est romantique, se moque Myriam de sa voix grinçante.

—Il ne faut pas qu'Olivia voie ça, s'empresse Gabrielle, en fermant la porte à clé.

— Même les casseroles deviennent molles, se lamente Ève, tenant en main une poêle qui s'incline légèrement, mais sûrement, vers le sol.

— Si les ustensiles piquent du nez, vous êtes bonnes pour les plateaux-repas, comme dans les maisons de retraite, soupire Gabrielle.

— Tu n'es pas obligée de nous rappeler notre âge, jeune fille !

— Ça fait peur, hein ? Vous vous rendez compte, où vous pourriez être, s'amuse-t-elle à renchérir. Et où vous irez, si nous n'arrivons pas à redonner ses énergies à la maison, en reformant les cinq unités !

Myriam intervient, sortant du cellier les bras chargés d'une cagette :

— Tais-toi, Gabrielle, et porte ! Tu seras plus utile. Au cas où le plancher se ferait la malle, il faut surélever les aliments.

Ève, les bras ballants, est exaspérée par les commentaires puérils et négatifs de Gabrielle.

— Tout fonctionnait bien avant l'arrivée de cette rationnelle, grommelle-t-elle, s'adressant au Ciel. J'espère que vous avez une bonne raison parce que, autrement, dès mon retour là-haut, je passe au bureau des réclamations, moi ! Mais pourquoi vous nous avez refilé un tel boulet ?

Et elle se saisit d'une caisse de vin qu'elle arrache du sol d'un mouvement de reins.

— Peut-être parce que tu dois apprendre à soigner ton mauvais caractère, ose Myriam, une pile de boîtes de conserve coincée entre les avant-bras et le menton.

— Une fierté mal placée, minaude Gabrielle, insolente, pour enfoncer le clou.

—Tu t'en fiches pas mal que la cuisine disparaisse, toi, réplique Ève. Au contraire, ça te demandera moins de boulot. Pourquoi ? Pourquoi on me met toujours dans les pattes ce genre de stagiaires feignasses ?

—Donc tu as remarqué que ces situations ont une fâcheuse tendance à se répéter, sourit Myriam d'un air suave. Certainement parce que tu oublies d'en tirer la leçon.

—Assez de fiel, et concentrez-vous ! ordonne Ève. Sinon, nous n'arriverons jamais à sauver la pièce.

—Peut-être que nous attachons trop d'importance à la cuisine, suggère Gabrielle. C'est cet aspect matériel qui disparaît en premier...

—C'est parce que tu veux nous empêcher de bouffer, oui ! riposte Ève. Allez, concentre-toi !

Myriam tend les mains vers les deux autres, en soupirant :

—Ce serait si bien, une maison qui n'aurait pas besoin de nos énergies pour exister...

*

Hanna a marqué une pause, le regard dans le vide. Je relance :

—Et qu'est-ce qu'elle a fait après, une fois abandonnée, « pour son bien », par cet intellectuel ?

—Paola lui a écrit une longue lettre pour le remercier. Grâce à lui, elle avait compris qui elle était, et pourquoi elle avait traversé toutes ces épreuves.

—Et pourquoi, alors ? Pourquoi traverser une vie comme la sienne ?

— Parce que ces épreuves ont été le catalyseur de sa transformation : ne plus subir, ne plus se cacher derrière les autres, devenir elle-même. Paola a commencé à méditer : elle passait son temps à trouver des justifications à tout le monde pour fuir les coups de gueule, les coups de main, les coups de pied, les coups de tête. Elle excusait, elle oubliait, elle ne protestait pas. Un jour, un regard a croisé le sien. Un regard miroir. Cet homme l'a d'abord fuie, parce que d'autres lui avaient infligé les mêmes épreuves qu'à elle. L'un comme l'autre, dans leurs brouillards, ils s'égaraient. La peur au ventre, ils se frôlaient d'amour, se caressaient de tendresse, mais rien ne venait. Elle voulut croire qu'un jour, de leurs manques, ils feraient un tout. Le plus grand tout que personne ait jamais constitué. Un tout indécent d'amour, provocant de beauté, insultant de lumière ! Et ces personnes qu'ils côtoyaient, vides et pourtant remplies de certitudes, ils les éclabousseraient de leur bonheur ! Fulgurante revanche, non ?

— Oui, enfin, ça dépend dans quel état tu te retrouves. Parce que Paola n'était plus bien… éclatante, quand même.

— Certes, mais tous les deux s'étaient reconnus. Toutefois, avant de se retrouver, il leur fallait affronter les derniers obstacles qui encombraient encore leurs vies. Un jour, leurs chemins se recroiseraient. Pour de bon. Il restait à Paola l'espoir fou que lui atteigne enfin son but et vienne la chercher pour l'emmener loin. Très loin. Ensemble. Elle n'avait plus aucune crainte parce qu'elle savait qu'elle ne s'était pas trompée. Il existait. Cet homme était presque là. C'était pour bientôt.

J'observe Hanna, elle paraît heureuse de me raconter cette intime tranche de vie, mais pas seulement. Je sens que, derrière cette transmission de mémoire, il y a quelque chose de nécessaire pour moi. Elle sourit, sa main toujours posée sur son livre blanc.

— Et elle l'a vécu, ce grand amour ?

— Bien sûr ! Mais pas comme tu l'imagines. Tu vois, chacun a son parcours à suivre, et rares sont les personnes capables de faire face au passé pour le nettoyer, l'absoudre, quand elles pensent être arrivées à destination. Fallait-il donc que Paola pardonne ? Oui. Par lucidité et fidélité à soi, parce que cette force l'habitait depuis toujours. Lorsqu'elle a compris, Paola a remercié tous les gens qu'elle a croisés. Un merci de l'avoir sculptée dans cette pierre réfractaire, même à grands coups de burins. Ça lui a fait mal, parce que la grâce qui naît de la vision des sculpteurs n'est qu'au prix de heurts et de brossées, mais elle a enfin osé regarder les formes qu'ils lui avaient données. Le résultat en valait la peine. Elle était enfin elle. Au-delà de ces épreuves, elle a toujours voulu croire. Croire en des personnes meilleures, croire en une vérité de sentiments. Et elle a eu raison. Dans l'attente des retrouvailles avec cet homme, Paola a offert son temps aux êtres qui avaient besoin de son amour. Elle a rempli son rôle… d'*ange terrestre*.

— Un ange ? Pourquoi tu dis ça ? C'était une bonne personne, certes, mais je pense que, si les anges existent sur cette terre, ils ne traversent pas des vies comme celle de Paola ! Ou alors l'*Instigateur* de leur mission est un vrai pervers ! Et ça voudrait dire que même les anges ne sont pas à l'abri de nos souffrances, de nos tracas matériels et tous ces trucs qui nous font mal. Ce serait injuste. Et sans espoir pour nous.

—Pour les anges, on en parlera un peu plus tard.

—Tu bottes en touche, mais je ne lâcherai pas. Avant de m'expliquer, dis-moi si cet homme est revenu la chercher, finalement ?

—Non, il n'est pas revenu. Mais ça a peu d'importance. La plus grande amertume dans cette vie est de se dire que personne ne pense à vous. Paola, elle, a vécu en sachant qu'une partie d'elle vivait en cet homme, qu'il la faisait exister auprès de lui, qu'une simple pensée de l'un ou de l'autre pouvait apaiser toutes les écorchures, faire renaître un sourire perdu.

—L'amour à distance, formidable ! Mais je n'y crois pas un seul instant. C'est juste une fuite pour ne pas s'engager. Et ça, ce n'est pas de l'amour.

—Au contraire, c'est ça, l'amour ! Aimer sans détour, aimer sans retenue, aimer même sans se voir, aimer pour vouloir uniquement le bonheur de l'autre, même loin de soi. C'est ainsi que certains êtres humains peuvent devenir des *anges adoptifs*.

—Et c'est quoi leur pouvoir ?

—Il est à la fois infime et merveilleux. Je préfère appeler ça des dons, même si nous ne les possédons qu'à titre provisoire. Nous ne sommes que des sentinelles passagères, des veilleuses, c'est tout.

—Et si tu en fais partie, comme tu le laisses entendre, à quoi sers-tu ? Que fais-tu concrètement ?

—Je ne peux agir sur les événements, mais sur leur perception. Je peux aider les autres à changer de l'intérieur, s'ils le veulent, afin que leur destin se modifie.

—Et s'ils ne veulent pas ?

—Comme les êtres normaux, les anges connaissent surtout l'échec. Mais l'échec permet de mieux avancer.

Je reste très réticente sur cette notion d'alchimie angélique et terrestre. Je ne comprends vraiment pas quel rôle un être de *lumière* peut assumer sur cette terre sans crever de désarroi face à la médiocrité de la plupart des hommes, leur refus d'évoluer, de s'ouvrir et d'aimer. Ce sous-emploi divin serait des plus ingrats, une punition céleste, et j'ai du mal à imaginer que, si le *Créateur* existe quelque part, Il peut souhaiter à Ses *envoyés* autant de désillusions pour remplir un devoir si peu fructueux. À en croire les explications d'Hanna, chacun a le choix, a son libre arbitre pour assumer les responsabilités de l'existence ou leur tourner le dos. Ainsi, les anges *adoptifs* peuvent, ou non, accepter ce rôle. S'ils endossent la fonction, plus rien ne serait *purement humain* dans leur vie : plus d'objectifs individuels, uniquement des visées collectives.

Hanna devine mes pensées, je le lis sur son visage. Et elle remarque que je n'adhère pas à cette notion de sacrifice, qui me semble irrationnelle. Même si elle me parle de l'immense joie qu'on éprouve en œuvrant pour l'Amour Universel — une joie égoïste aussi —, je ne peux me résoudre à admettre que le seul salaire des anges soit cette gratification. Pour ma part, je préfère rester pratiquante à distance.

*

À Paris, Laure persévère avec le même entrain dans ses investigations, malgré sa fatigue et surtout sa confrontation avec Alexandre, qui l'a surprise, mise en colère, puis fait douter, après coup. Était-il en proie aux remords ? Se faisait-il vraiment du souci pour Olivia ? Ou n'était-ce qu'un faux retour de flamme ?

C'est rue de Richelieu, à la Bibliothèque Nationale, qu'elle installe ses quartiers, cet après-midi-là. Après s'être fait passer pour une jeune auteure en quête de documentation, elle réussit à s'asseoir à l'une des grandes tables de bois installées au centre de la pièce. Elle délimite rapidement son espace vital par plusieurs piles de livres. Seule l'une des tulipes de la lampe s'infiltre, avec la lueur laiteuse de son opaline, entre elle et le monde qu'elle découvre.

Son attention se bloque sur l'une des pages évoquant la symbolique du Sacré. Là, apparaît le dessin qu'Olivia lui a décrit quelques jours auparavant : une sorte de cercle entouré d'étoiles, avec une croix et un triangle au milieu. Laure fait un bond de sa chaise, se lève et court jusqu'au hall d'entrée, son portable en main.

—Allô, ma grande ? O.K., c'est ta messagerie, je déteste ça, mais tant pis. Je crois que j'ai trouvé le symbole de la grosse pièce bizarre du salon. Attends, je lis : « *elle représenterait les quatre éléments : la croix de l'univers porte en son centre le Graal* », ça, c'est pour le triangle, et les douze étoiles à cinq branches sont les signes du zodiaque.

Ce serait le sceau d'une ancienne congrégation d'anges à moitié humains, censée exister depuis la nuit des temps. On aurait perdu sa trace depuis environ deux mille ans. Il n'y a pas grand-chose dessus, c'est assez flou. Ah, si, *a priori* ils ont un… fait chier, j'ai plus de batterie.

Laure retraverse le hall pour rejoindre la salle de consultation.

—Pour une fois que c'était un truc hyper important et pas une histoire de fille à la mords-moi-le-nœud.

Une voix à la limite de la saturation dans les aigus, mais assez retenue pour ne déranger aucun des bibliophiles attablés, la retient, alors qu'elle s'apprête à franchir le seuil de la pièce.

—Mademoiselle, je me permets de vous rappeler qu'il est strictement interdit de sortir des livres de la salle.

Laure incline le buste vers la petite grenouille à lunettes rectangulaires assise derrière la table de surveillante.

—O.K., je comprends bien, mais c'est pour une urgence.

Reculant imperceptiblement vers le fond de sa chaise, le cerbère, le lyrisme de sa voix mis en sourdine, module, en affichant une trombine assermentée par l'État :

—Peu importe, mademoiselle, c'est le règlement.

—C'est une question de vie ou de mort. Ça, vous pouvez le comprendre, non ?

—Le règlement de la bibliothèque ne prend pas en compte ce genre de considérations.

Laure tourne les baskets pour regagner sa place.

— Andouille ! J'entends même les majuscules quand tu parles.

La gardienne du règlement rabaisse le nez dans ses listes d'ouvrages, satisfaite de son intervention, tandis que Laure déchire discrètement la page qui l'intéresse.

Il est dix-neuf heures lorsqu'elle grimpe les sept étages de l'immeuble pour retrouver l'appartement d'Olivia. Pas de voyant clignotant sur le répondeur, Olivia ne doit pas encore avoir eu son message. Elle branche son téléphone portable pour le recharger, se prépare rapidement une salade et va s'installer sur la terrasse. La colombe se pose sans un bruit sur le rebord du dossier de la chaise qui lui fait face.

— Salut, toi ! T'as l'air de vouloir de la compagnie.

*

Comme pour accueillir Myriam qui revient du jardin, une brise légère agite les grappes de la glycine, et ce parfum embaume la pièce. Myriam est mince et droite. Son visage anguleux semble refléter la rigidité de ce monde. Depuis que je la connais, elle m'a toujours semblé être plongée dans ses pensées et, lorsqu'elle prend la parole, tout est sensé et juste. Même ses moqueries. Quoi qu'il arrive, Myriam a toujours le dernier mot. Dans le bon sens du terme.

— Bonsoir, avez-vous passé un bon après-midi ?

Elle glisse un baiser râpeux sur ma joue. Je fixe Hanna.

—Instructif. Mystérieux. Perturbant. Orienté.

—Je n'en doute pas, ta grand-mère est certainement la plus sage d'entre nous toutes, dit-elle de sa voix éraillée.

Elle regarde sur ma gauche, et ajoute :

—Et Paola la plus sereine. Elle est ravie que tu aies partagé sa vie.

Je m'aperçois que plus ça va, plus je sens une résonance en moi, une sorte d'écho à leurs inspirations saugrenues. Je ne sais pas si c'est bon signe, ça.

Nous retrouvons Ève, déjà en place à la table de salle à manger.

—Tu ne quittes pas la pole position, toi ! lui balance Gabrielle, qui sort de la cuisine les bras chargés d'un grand plat fumant.

—On m'a faite ainsi, mon petit cœur, je n'y peux rien ! Je serais toute prête à pratiquer le jeûne, mais je ne suis efficace que le ventre plein.

Je les laisse là, le temps de me laver les mains et d'aller prendre un gilet dans ma chambre.

*

—La cuisinière fonctionne ? demande Myriam, surprise d'un retour à la normale aussi rapide.

—*Allô Couscous*, vous connaissez ?

Gabrielle dépose le plat au centre de la table.

—Rapide et chaud ! Tout ce qu'il nous fallait pour reprendre des forces !

—Ève ? Mais tu es déjà forte comme un bœuf, glisse Hanna en observant l'air satisfait et gourmet de son amie.

— Et en plus, je t'ai vu fureter du côté de chez Joseph, cet après-midi ! Alors tu as certainement fait le plein d'énergie, non ?

La délation de Myriam la pique au vif. Elle conteste avec une gêne bouillonnante son flagrant délit de gourmandise :

— Mais... ce n'était pas moi. Tu as dû me confondre avec quelqu'un d'autre.

— Ah bon ? Parce que t'en connais beaucoup des *autres* qui viennent ici, toi ? On est au complet, enfin presque, l'asticote Gabrielle, non sans un certain plaisir.

— Assez, assez, Olivia va revenir, s'interpose Hanna.

— C'est vrai. Nous sommes à nouveau au complet, constate Myriam à haute voix. Allez, servons-nous pendant que c'est chaud !

Subitement, Paola se matérialise en bout de table.

— Le mal est en route. Attention à la petite ! lance-t-elle dans une vibration inquiète.

— C'est le message que Joseph a reçu, intervient Hanna, rattrapée par ses peurs humaines de grand-mère. Tu confirmes ?

— Oui, mais je n'ai pas accès à la source émettrice. Et on me défend d'intervenir.

Gabrielle reste coite devant cette apparition, la première depuis son initiation. Myriam enchaîne d'un ton grave :

— Je pense que, cette fois, ça dépasse Joseph.

Ève lâche la cuillère dans le plat, ce qui fait gicler le bouillon sur la nappe :

— Que faut-il faire ? Nous ne sommes pas formées pour ce genre de combat !

Juste avant de se diluer dans l'air, Paola murmure, dans un souffle qui se veut réconfortant et stimulant :

— N'oubliez pas que d'un mal peut naître le Bien.

*

Arrivée dans ma chambre, je recharge mon portable. Le bip de ma messagerie retentit : c'est Laure. Intriguée par la coupure du message et prise d'une vive curiosité, je rappelle.

— Salut, c'est moi.

— Ah, enfin ! Je commençais à m'inquiéter ! Bon, t'en es où ?

— Si je devais faire un résumé concis de tout ce que j'entends ici, je te dirais que nous avons certainement affaire à des personnes irresponsables ou à des personnes... comment dire... trop responsables. Différentes, quoi. Voilà.

— Voilà ??? C'est tout !!! Et toi, t'es quoi, là-dedans ?

— Eh bien, si je décrypte et mets bout à bout les pièces du puzzle, je serais... comme elles.

— Différente ?

— Oui... Et tu vois, bizarrement, je crois que c'est vrai. Je me sens tellement concernée quand Hanna m'explique les choses. C'est incroyable ! Comme si ça me collait à la peau, comme si je *savais* déjà tout ça.

— Bon, prends la position allongée, c'est le plus indiqué quand on veut régler ce genre de problèmes.

— Pourquoi tu veux que je m'allonge ?

— Tu t'allonges, tout simplement parce que, dans cette position et après un petit repos, tes yeux devraient s'ouvrir dans le monde *réel*.

— Mais de quoi tu parles ?

— J'te demande de garder les pieds sur terre, Olivia. Parce que, depuis que j'me suis transformée en enquêtrice de l'Invisible, soit t'es chez des fous dangereux qui pratiquent la manipulation mentale et t'as besoin de moi pour te tirer d'affaire, soit…

— Soit quoi ?

— …

— Laure ?

— Ouais…

— Soit quoi ?

— Soit, ma grande, t'es pas chez des tordus, t'es chez des plus hauts, des purs esprits déguisés en humains. Et, là, on frôle le cosmique ! Au fait, tu peux vérifier un truc ?

— Oui, quoi ?

— La marque. Si ma copine Olivia fait dans le céleste, elle doit avoir une marque soit sur la main soit sur la nuque, une sorte d'anneau avec deux lettres grecques entrelacées.

— Je n'ai rien. À part le tatouage brûlant de la dernière fois, mais il a disparu. Je jetterai un œil sur les autres.

— Super, je finis de dîner avec mon amie la colombe et je te rappelle.

Et elle raccroche. Je ne lui ai pas parlé de mon *voyage* dans la vie de Paola. Je crois que j'ai bien fait. Pour l'instant.

*

Laure, elle, avait passé sous silence son séjour à l'hôpital et la visite d'Alexandre, pour ne pas perturber Olivia, assez enlisée comme ça dans les dilemmes et les dingueries ambiants. Avait-elle bien fait ? Elle ne le savait pas, mais elle aurait tout le temps pour lever cette mesure de sécurité, et, le cas échéant, amender son pieux mensonge par omission.

*

Le repas se déroule dans une bonne humeur attisée par l'harissa. Il n'est plus question d'anges ni d'autres mondes. Hanna bavarde de tout et de rien, me regardant, de temps à autre, comme si elle m'invitait dans la clandestinité de ses secrets.

Chacune raconte ses activités de la journée. Gabrielle s'est occupée du management et a soulevé mille problèmes. Ève s'est rendue au village et en a profité pour faire une halte de courtoisie au nouveau salon de thé. Lorsque Myriam évoque sa partie de boutures avec Joseph, je me rends compte que je ne connais rien de cet homme, de sa vie, de son passé. Souvent elles l'évoquent, mais je ne vois qu'une silhouette de bûcheron qui s'éloigne. Je ne l'ai vraiment approché qu'une seule fois, à la fenêtre de la voiture de Gérard. Jamais il ne vient dans la maison. Et je me demande toujours pourquoi j'ai cru l'apercevoir dans le train.

Ève explique alors que Joseph fait partie de la famille, mais ne se mélange que très rarement car le parc demande beaucoup de travail.

Pourquoi ai-je l'impression que cette vie « réelle » et ces explications sonnent faux ?

*

Ève n'a pas dévoilé qu'il est le gardien d'un secret qui l'employait à plein temps.

Il entretenait bien plus que le jardin, même si la passion des arbres et des fleurs l'avait sauvé de l'alcool. Ingénieur du son employé par l'armée à la conception d'armes ultra secrètes, ses recherches sur les fréquences perturbant les cellules humaines l'avaient amené à entendre, dans les années soixante-dix, ses premières voix venues d'ailleurs. Malheureusement, ces voix n'étaient pas toutes animées de bonnes intentions. Le harcèlement de la part des forces de l'Ombre, qu'il avait déclenché en découvrant leurs fréquences, ne s'apaisait, pour lui, que dans l'ivresse. Il s'était peu à peu détruit pour se protéger du Mal, pour oublier ce que ses employeurs lui demandaient de faire : créer des canons à ondes mortelles. C'est Ève qui l'avait recruté un soir de décembre, sur une place de banlieue, alors que, sous les apparences d'une bénévole des Restos du cœur, elle nourrissait les SDF, tout en goûtant fréquemment ce qu'elle leur servait, pour vérifier la bonne température.

C'est ainsi que Joseph s'était retrouvé, avec son matériel de son et ses connaissances techniques, au service des vieilles dames des Pierres Vives. Il était devenu un homme heureux parce que nécessaire, et il se faisait un devoir de protéger leur mystère et leur action, avec la complicité de Gérard, ancien pilote, privé de rallyes par la myopie, que Myriam avait sauvé d'une dépression suicidaire.

*

À la fin du repas, Gabrielle invite tout le monde à prendre une tisane au salon.

Je scrute plus attentivement les mains de ma grand-mère, puis celles de ses amies. Je n'arrive pas à déceler la marque dont Laure m'a parlé. Pour la nuque, c'est encore plus dur.

Lorsque Myriam remarque mon manège, mes yeux bifurquent vers l'une des consoles en bois doré, dans l'autre partie de la pièce, où sont regroupés plusieurs bougeoirs de différentes origines, de différentes époques.

Je m'assieds en face d'Hanna, juste à côté de Gabrielle, qui sert les infusions en silence, et pose délicatement les parts de gâteau dans de petites assiettes de porcelaine.

Ève prend la parole d'une voix inhabituellement douce, comme pour ne pas perturber l'atmosphère de la pièce.

—Nous vivons dans un monde étrange. Les gens se croisent, se décroisent et jamais ils ne semblent s'enrichir de quoi que ce soit. Beaucoup pensent vivre l'amour dans leur couple, mais ils ne font qu'asservir la personne qui les accompagne au lieu d'embellir sa part d'indépendance. Ils vivent égoïstement, pensant connaître ce sentiment, mais ce n'est qu'une hypocrisie de plus. Ils passent leur existence à éviter leurs peurs, au lieu de mettre leur énergie à obtenir ce qu'ils désirent réellement. Ils ne rêvent plus.

Ève ponctue son monologue par une gorgée de verveine tiède. Elle me regarde. Je m'enfonce dans les coussins pour me faire oublier.

—Tu dois te poser beaucoup de questions sur les étranges manières de cette maison et nos discours un peu… décalés, n'est-ce pas ? demande Gabrielle.

J'acquiesce d'un hochement de tête.

—Nous sommes connectées ici-bas depuis de nombreuses années, reprend Ève, presque un demi-siècle, en ce qui concerne ta grand-mère et moi. Au fil de nos vies, nous avions pris conscience que nous étions différentes, que nous possédions quelques… dons particuliers, comme toi lorsque tu vois ton père…

Je me sens gênée, mais cet embarras est passager car aucune ne paraît surprise de cette révélation.

—Plus jeunes, nous entendions nous aussi beaucoup de choses qui venaient d'ailleurs. Quand le hasard, entre guillemets, nous a mises en présence, nous nous sommes reconnues, et réunies pour mieux comprendre ce que nous devions faire dans cette vie. À l'époque, nous avons dû admettre qu'il existait, parmi les humains, une forme, comment dire, de « privilégiés », qui avaient la capacité d'*entendre*, puis de transmettre ou réparer, afin d'accompagner certaines personnes sur un bout de chemin, de donner une boussole aux égarés, une lumière aux désespérés, une place aux laissés-pour-compte.

—Et nos vies ont changé, enchaîne Myriam. Le message était clair, nous devions aller à la rencontre des hommes pour assister ceux qui souffrent. En quelque sorte, devenir une source d'inspiration et d'énergie pour les aider à trouver un sens à leurs maux, leur faire comprendre que leur richesse est le discernement et que, s'ils l'acquièrent, alors ils découvriront la liberté de choisir, liberté qui les rendra pleinement humains.

Hanna continue sur le même ton, comme si elles parlaient toutes d'une seule voix.

—Il est parfois difficile de se sentir différente sans savoir où cela mène, n'est-ce pas ?

Je bredouille bêtement un oui, me sentant prise en étau entre l'étrangeté de cette *voix unique* et ses résonances en moi. Une sensation bizarre m'habite depuis toujours, c'est vrai. Mais plein de gens doivent se sentir différents, tous ceux qui ont des parcours quelque peu... dramatiques, semés de disparitions ou d'abandons.

Une assiette de dessert vide dans la main, Ève m'explique que, si une personne vivant des circonstances tragiques arrive à dépasser sa condition en gardant son intégrité, alors cette énergie se diffuse autour d'elle et profite à tout le monde.

—Peut-être bien, sauf que c'est difficile. On pense souvent que plus on est seul, moins on sert à quelque chose.

—Mais on devient davantage soi-même, me rassure Hanna. Et tellement plus efficace.

Myriam se redresse légèrement et continue de cette même inflexion contagieuse :

—Nous naissons tous avec des facultés extraordinaires, mais seuls certains, comme nous, les acceptent. Une partie de *là-bas* est restée en nous et nous devons l'exploiter au mieux. Nous possédons une charge supplémentaire. *Une charge d'âme*. Nous sommes tout ce qui nous entoure. Nous voyons ce que les gens ressentent. Alors nous devons nous servir de ce pouvoir pour les aider.

—Tu es en train de me dire que vous êtes...

—Nous sommes... soupire Ève avec une intense résignation.

— … *des anges banalisés*. Mais nous possédons ce don à titre temporaire. Nous sommes des sentinelles passagères, des veilleuses transitoires. Rien de plus, conclut Hanna.

Le puzzle qui me compose est en train de se reconstituer à une rapidité déconcertante. Tout prend un sens. Tout acquiert une raison d'être et d'avoir existé, même les plus dures épreuves. Une clarté nouvelle m'envahit peu à peu. Si j'ai bien compris, une partie de moi viendrait d'ailleurs. Un ailleurs qui réclamerait son dû. Mais je refuse d'admettre ça. Il me faut une preuve. Une preuve de l'intégrité d'esprit de ces femmes, une preuve qui m'aide à décider de les croire.

Alors, sans que j'aie rien demandé, Hanna ôte le vernis nacré qui couvre l'ongle de son annulaire droit. Je distingue le dessin qu'a évoqué Laure : un anneau formé par deux lettres grecques entrelacées, *la marque des anges*.

— Alpha et oméga, commente-t-elle sobrement. Le début qui se fond dans la fin et redevient le début. Le cycle même de toute vie.

Ma main commence à chauffer. Je desserre le poing et regarde la marque rouge apparaître. Elle ressemble au symbole incrusté dans l'ongle d'Hanna. J'ai peur. J'ai peur parce que j'ai la sensation bizarre que mon corps va plus vite que mon esprit et qu'il ne me laisse plus le choix.

À cet instant, un souffle incline les flammes des bougies et un léger tremblement fait scintiller les langues de cristal du lustre — les mêmes symptômes que chez Astrid. Les éléments sont-ils complices, ou bien hostiles à cette révélation ?

Face à mon trouble, Gabrielle m'explique qu'elle aussi a occupé la place de l'apprentie, il y a quelques années. De la même façon, elle a traversé sa première partie de vie dans l'angoisse, sans comprendre pourquoi toutes ces choses douloureuses perturbaient son existence. Lorsqu'elle a rencontré Ève, dans le restaurant où elle travaillait, elle a enfin compris. C'est alors qu'elle a rejoint les Pierres Vives pour accepter son destin, se perfectionner dans son rôle et...

—Non ! lance subitement Ève à son intention, un doigt impitoyable dressé vers le ciel.

Mais Gabrielle finit sa phrase, ponctuée d'un clin d'œil :

—... et améliorer l'intendance. Bref, j'ai vu mon chemin se dessiner devant moi, et je l'ai suivi.

J'éprouve soudain un immense besoin de reprendre le contrôle de mes pensées, pour arrêter le processus de lavage de cerveau qu'elles semblent avoir entrepris. Comme un professeur de mathématiques qui démonte un théorème, je me lance :

—Donc si tu as vu ton destin, cela implique qu'un chemin préétabli existe pour chacun d'entre nous.

—Oui.

—Mais le libre arbitre aussi.

—C'est vrai, Olivia.

—Nous sommes donc capables de faire des choix, donc de modifier, ou carrément de refuser l'existence qui nous est destinée.

J'entends Ève souffler discrètement à Hanna :

—Tu ne m'avais pas dit qu'elle était si méthodique. Nous ne sommes pas au bout de nos peines.

—Je dois dire que je suis assez fière d'elle...

— Donc le destin, si nous pouvons le maîtriser, existe-t-il vraiment ? Ça, c'est ma première question. Deuxièmement, si nous sommes réunies aujourd'hui c'est, d'après votre théorie, que nous étions programmées ainsi par un Je-ne-sais-qui censé réguler les arrivées, les départs et les parcours de chacun. Un Aiguilleur du Ciel, quoi ?

— Oui, mais d'un autre côté…, tente Gabrielle.

— Attends un peu avant de répondre. Donc ce Je-ne-sais-qui serait maître de ce que nous appelons le temps. Et sur cette terre, le temps nous est compté ! Ce qui nous oblige à orienter notre existence dans un but de survie au jour le jour, comme les animaux, d'où l'égoïsme qui nous empêche d'évoluer. La seule chose qui nous différencie des animaux, finalement, c'est la question que nous nous posons et qui nous détruit à petit feu : à quoi ça sert, tout ça ?

Myriam me coupe la parole :

— Ta démonstration me plaît assez, mais imagine que tu ne sois pas seule sur ton chemin, que ton parcours soit aussi celui de ton Je-ne-sais-qui ; un itinéraire plus ou moins fléché qu'Il emprunte à chaque naissance depuis la création de la vie.

— Alors je suppose que je serai une infime partie de Je-ne-sais-qui et…

— … et seul Dieu maîtrise le temps. Donc si tu prends conscience que vous suivez le même chemin…

— Je serai infinie et maîtriserai mon existence.

— Ce n'est pas le but du jeu, réplique Gabrielle. Nous sommes conçues pour être des relais, c'est tout. Les relais d'amour de Je-ne-sais-qui, alias

Dieu ! Pour accepter ce rôle de *transmetteur*, il faut comprendre que l'amour, dans une vie terrestre, n'est pas illusoire, mais nécessaire et incontournable. Il doit s'entretenir comme un feu pour qu'il ne s'éteigne pas, et c'est nous qui soufflons sur les braises. Quand je dis « nous », tu as compris que je t'englobe.

Aujourd'hui, c'est mon tour de connaître *le secret des anges*. Elles racontent qu'il existerait, de par le monde, un grand nombre d'êtres différents, se reconnaissant entre eux simplement parce qu'ils seraient sur le même mode vibratoire. Ils se connaîtraient tous, mais *d'avant*, *d'un peu plus haut*. Ils auraient choisi de prendre l'apparence des humains et leur mission serait de veiller sur leurs frères adoptifs. S'ils valident ce choix, une fois incarnés dans les tourments terrestres, commence ce qu'elles appellent « l'apprentissage du langage ». L'épreuve écrite, pour accepter leur rôle, leur situation.

Dans un premier temps, tout serait basé sur les mots. Convertis en phrases, les émotions, les bonheurs, les drames, mais aussi les dilemmes et les blocages qui composent chaque existence réactiveraient les pouvoirs de l'ange. L'écriture de sa propre vie permettrait donc de distiller la pensée, afin de déchiffrer et de surmonter chaque difficulté rencontrée. Il faudrait comprendre et accepter le sens de son existence terrestre pour en retirer l'expérience acquise, puis s'en séparer. Ce travail accompli, l'ange pourrait faire le choix de rejoindre sa Communauté ou de continuer un destin d'être humain à part entière. Mais s'il décide de mener à bien sa mission d'ange, alors il ne sera plus possible de revenir en arrière. Du moins, dans cette vie-là.

— Si tu acceptes de prendre la main que nous te tendons aujourd'hui, Olivia, tu seras à nouveau celle que tu étais juste avant d'entamer ce parcours terrestre. Maintenant, tu éprouves de la crainte, parce que cette vision du monde te semble créée de toutes pièces par nos imaginations de vieilles dames. Mais si tu acceptes ta mission à nos côtés, alors tu ne seras plus la même dans ton écorce humaine. Tu n'es déjà plus la même, d'ailleurs. Tu le sens : le processus a commencé.

C'est vrai. Cette sensation de déjà-vu, cette confiance instinctive, je l'éprouve en ce moment même. Comme si je connaissais ces femmes de toute éternité. Et elles me racontent une belle histoire, qui me fait oublier le reste, alors pourquoi ne pas plonger ? Je ne risque rien, tant que je garde en éveil mon esprit critique.

— Vous me dites que, pour activer mes dons, il faut que j'écrive le récit de ma vie jusqu'à aujourd'hui ?

— Attends, m'arrête Ève. Ta confusion est encore trop grande. Tu dois d'abord écouter, et laisser les mots de tes semblables réanimer les tiens par résonance, comme tu as commencé à le percevoir à travers le Cahier de Paola. Gabrielle, veux-tu ? enchaîne-t-elle, comme si elle tendait son assiette.

Gabrielle acquiesce, et prend sa respiration.

Alors, le cœur serré mais les sens en éveil, j'écoute son récit.

À cet instant, leurs yeux à toutes s'embrasent. Je les sens avides d'entendre cette histoire, comme si leur esprit s'en nourrissait. Hanna met ses coudes sur ses genoux, les mains jointes au niveau du menton, le buste en avant. Ève engouffre une bouchée de gâteau, comme si c'était la dernière, avant de se recaler dans son fauteuil. Myriam se rapproche d'Hanna et lui passe la main dans le dos. Je regarde la scène, un peu en retrait, dans le canapé.

Gabrielle s'est levée et se tient juste derrière l'un des fauteuils, les mains posées sur le dossier. Elle observe la préparation de son auditoire, puis s'occupe de l'ambiance : la lumière de la pièce se tamise légèrement et prend une teinte dorée, sans qu'aucune d'entre elles n'intervienne… physiquement. Et ça ne m'inquiète pas plus que ça.

—En ce moment, j'aide une personne qui me fuit. Je suis arrivée sur sa route au début de son déclin, et je représente pour elle ce qu'elle n'est plus capable de vivre. J'essaie de redonner des couleurs à ses jours, et elle me regarde virevolter dans son existence pour se réchauffer à la force de mon amour. Cette personne refuse d'agir dans le sens que je lui propose, mais je la vois s'emplir de ce que mon message diffuse : donner et rendre heureux, protéger et supporter les êtres déchirés. Je la laisse faire, sans la heurter. Elle réapprend à sourire, à se regarder en face, mais elle n'arrive toujours pas à s'aimer, et donc elle repousse le miroir que je lui tends. Elle n'est pas encore prête à voir ce que son reflet lui demande.

Je fronce les sourcils. Comment vouloir aimer et donner en s'oubliant complètement ? Comme si j'avais parlé à voix haute, Gabrielle me répond :

—La force réside en ça, Olivia : comprendre et accepter que l'amour que nous donnons s'apparente au travail des stations-service. Nous ravitaillons les humains.

Hanna, Myriam et Ève sursautent, en entendant cette version combustible de leur apostolat spirituel.

—Mais ça ne te fait pas souffrir de savoir qu'il n'y a pas d'avenir dans cette relation ?

—Non. J'ai pleine conscience de mon identité, je suis donc capable de décider comment cette expérience m'affectera. J'ai ainsi la faculté de toujours trouver une réponse à ce qui m'arrive. Ce pouvoir est une liberté suprême. Ça t'apparaît comme une épreuve de solitude, mais c'est par le retranchement qu'on apprend le plus, et donc qu'on suscite le maximum d'alliances dans l'invisible. Plus j'aide, plus on m'entoure. Ainsi, je m'entraîne chaque jour à être encore plus à l'écoute. Petit à petit, à travers moi, cet être apprend à recevoir et consommer l'énergie que je lui envoie. C'est le trésor que je veux lui laisser pour qu'il sache transmettre à son tour, à une autre moitié, à ses enfants, à ses amis, à des inconnus. Je réveille ses émotions pour qu'il comprenne que l'amour peut toujours renaître, même quand on le croit mort.

—Mais cet homme, te remercie-t-il au moins de ton aide ? Est-ce qu'il voit réellement ce que tu fais pour lui ?

—Elle s'appelle Dominique.

Intriguée, je lui demande si elle aime indifféremment homme et femme.

—Oui, mais aussi les enfants, les vieillards, tous les êtres qui ont besoin de mon aide.

Hanna intervient.

—Tu es encore trop dans l'amour charnel, Olivia. L'amour qui nous occupe n'a pas cette seule dimension ; il ne se réduit pas aux plaisirs physiques qu'on peut en retirer.

—Ce qui ne veut pas dire non plus qu'on les néglige. Nous sommes des anges, nous ne sommes pas des saintes ! ajoute Ève, en se resservant du gâteau. Connais-tu la réflexion de l'écrivain Bernard Le Bouyer de Fontenelle, devant qui l'on disait d'une femme : « C'est un ange » ?

—Non.

—Il a répondu : « Oui, mais comme le poulet : davantage de cuisse que d'aile ».

Elle éclate de rire, en avalant sa bouchée.

Gabrielle marque un temps d'arrêt avant de reprendre :

—Dominique me remercie en portant, chaque jour, son regard un peu plus loin. Lorsque je l'ai croisée, elle n'était qu'un zombie. Elle vivait entourée de morts-vivants que l'individualisme et la cupidité asservissaient. Elle était devenue égoïste elle-même. Par contagion. Ou par défense. Je sais qu'elle possède la puissance de l'amour, mais elle en a peur. Cette crainte disparaîtra avec le temps. Je suis là pour ça !

Nous nous dévisageons intensément. J'ai l'impression que Gabrielle écoute l'écho qu'elle a déclenché en moi.

—Comment l'as-tu rencontrée ?

—À l'auberge des Chasseurs de Romorantin. Un repas de baptême où je m'étais invitée. Elle était la marraine : la nièce par alliance du baptisé.

—Mais comment as-tu su que c'était cette

femme-là qui était à aider, et pas une autre personne ?

— On reçoit mentalement comme des fiches techniques, un agenda divin, si tu préfères, qui définit notre programme d'action. On sait où il faut être et quand. Je t'expliquerai plus tard. Reprenons. Mon attention s'est donc fixée sur elle et, à cet instant, j'ai compris pourquoi elle était venue, ce jour-là…

Les objets de la pièce perdent leurs contours. Un nouveau voyage…

Je me retrouve au milieu d'une salle à manger de restaurant. Je tourne sur moi-même. Les gens mangent, discutent bruyamment. Personne ne semble me remarquer. Je me suis projetée dans le récit de Gabrielle et, apparemment, j'y suis invisible ! Alors j'observe. Une femme au sourire pincé porte un enfant en robe de baptême : certainement Dominique, avec son oncle dans les bras. Elle prend la pose devant l'objectif d'un photographe improvisé. Sa tête bascule, sa frange glisse sur le côté, une larme coule sur sa joue.

Dans le fond de la salle, un homme élégant au regard franc s'approche. Ses yeux attirent ceux de la femme décalée, qui rend le bébé avant de le rejoindre, comme hypnotisée. Il lui sourit sans la connaître, elle se trouble et avance jusqu'à lui en souriant à son tour. Certains convives qu'elle croise semblent gênés : l'intimité sans raison dérange toujours.

Ils se présentent et s'installent à une table isolée au milieu des autres. Ils discutent en se tenant les mains. Ils sont beaux. Je m'approche. L'homme me fixe. Il est le seul à me voir, et tout à coup la peur revient. Peur de rester enfermée dans la mémoire de Gabrielle, à jamais en transit dans ses souvenirs. Mais l'homme m'adresse un clin d'œil, et je reconnais son air espiègle : c'est Gabrielle.

J'ai à peine le temps d'être rassurée que le vertige me reprend. Je suis à nouveau happée dans une sorte de spirale. Le retour paraît plus rapide, mais tout aussi désagréable. Je me retrouve sur le canapé du salon des Pierres Vives, sonnée, accueillie par des sourires amusés que je reçois comme une gifle pour me réveiller.

Ce deuxième voyage me confirme qu'il existe des pouvoirs surnaturels ! Je ne peux m'empêcher de les questionner :

—Ces voyages donnent l'impression de vivre des rêves éveillés, c'est incroyable ! Mais ça ne peut pas être que mes émotions qui font ça ?

—Pas seulement, effectivement, répond Myriam. Les mots sont l'écho du Verbe. Ils parlent à l'âme et font naître les images.

—Et vous vous en servez pour *réarranger* des vies en traversant une superposition de réalités ?

—Oh ! Une seule réalité — compliquée, marmonne Ève. C'est bien assez, comme pouvoirs.

—Nous préférons appeler ça des dons, Olivia, observe Hanna. Des privilèges et des devoirs.

*

À cinq cents kilomètres des Pierres Vives, au premier étage d'un immeuble parisien du 9e arrondissement, Laure s'est recroquevillée par terre, devant la porte d'entrée cabossée de son appartement.

Elle tient une lettre froissée dans la main. Une confirmation. Ses larmes ne parviennent pas à éteindre les flammes de l'injustice qui la consument de l'intérieur. Un *terrain biologique*. Elle est victime d'un *terrain biologique*. Tout ce que sa famille a su lui léguer, c'est ce nom de maladie qui tremble sur le papier noyé par ses larmes.

Ses poings se serrent pour écraser cette graine de violence qui germe en elle.

—Pourquoi si tôt ?...

Dehors, il fait doux et aucune brise, aucune rumeur de vie ne vient couvrir le râle de son sanglot.

—Pourquoi t'es pas là, Olivia ? Pourquoi... ?

*

Hanna lève la main droite pour intimer le silence, tout en me regardant d'un air bizarre : un mélange de compassion, d'inquiétude et de fierté. Mais je ne me vois pas dans ses yeux : c'est à travers moi qu'elle regarde. Les doigts de sa main gauche froissent machinalement le papier d'un bonbon. Puis soudain, elle se reprend et chasse ses pensées en frissonnant. Elle me sourit avec un plissement des paupières :

—Tu y prends goût, à ces voyages ?

—C'est une expérience fantastique ! Mais je n'arrive toujours pas à comprendre comment je peux me propulser dans le passé de quelqu'un d'autre, dans une action que je ne connais pas.

—La seule question à se poser, c'est pourquoi tu le fais ? me répond Myriam. Oui, le temps est une superposition de courbes sans fin. Il suffit d'un point de contact et tu bascules d'un futur à un passé, d'un souvenir à un autre, même dans ceux qui ne t'appartiennent pas. Il suffit que tu en aies envie, que tu te sentes concernée.

—Ta main doit chauffer un peu, non ? demande Ève

Effectivement, au milieu des turbulences que j'ai traversées, je n'y ai pas prêté attention, mais en ouvrant la main, je m'aperçois que la marque est réapparue. Le dessin est encore plus précis et moins rouge.

—Ici, c'est un *point de contact*, un genre de porte, alors ?

—Oui : un vortex temporel. C'est l'une des options de ce lieu, qui a de multiples fonctions, d'ailleurs.

—Lesquelles ?

—Tu les découvriras en temps voulu. Patience, c'est plus drôle.

Je laisse Myriam et me tourne vers Gabrielle, toujours agrippée à son fauteuil.

—Et vous en êtes où, avec Dominique ?

—Notre histoire avance à petits pas vers du meilleur pour elle. En ce moment, elle vit une séparation et n'a pas besoin de témoin, seulement de force. Je suis là pour lui dire que l'amour existe partout, mais pour l'accueillir, il ne faut jamais salir le passé. Au contraire, il faut s'en servir comme d'un tremplin pour aller plus loin, en gardant les beaux souvenirs. Je lui apprends à amadouer le temps, à l'apprivoiser, à le dominer pour bien finir les choses. Je m'efforce, comme à chacune de mes missions, de lui envoyer l'énergie nécessaire pour qu'un jour, enfin, elle puisse voir le monde avec les yeux de l'amour partagé. Et qu'elle apprenne, alors, à se passer de moi.

Ève explique que leur condition leur permet d'aider une multitude de personnes, sans se déplacer. Une part d'elles peut faire quelque chose et une part autre chose. L'ubiquité mentale. La bilocation physique. Mais pour l'instant, je ne peux entrevoir l'étendue infinie des possibilités qui s'ouvrent à moi.

L'horloge indique déjà une heure quarante-cinq. Le temps n'a pas eu prise sur la soirée. Ève décrète la levée de séance. Toutes s'éclipsent, disciplinées. Je passe le bras sous celui d'Hanna pour l'aider à grimper les marches.

Arrivée au premier étage, Hanna ne bifurque pas sur la gauche pour rejoindre sa chambre, elle continue l'ascension, m'entraînant avec elle. Sur le palier du second, nous passons une première porte sur la droite. Hanna pousse la seconde.

— C'est chez toi, maintenant. Gabrielle a fini d'installer ta chambre, cet après-midi. Bien sûr, tu peux modifier ce que tu souhaites.

Je pénètre dans la pièce. Les murs peints en blanc, comme le fond d'une toile, laissent les meubles en bois lazuré structurer cet univers dans une composition à la Rothko. Du ciel de lit, descend de la dentelle. Les deux pans d'étoffe glissent de chaque côté. Un petit bureau fait face à la fenêtre donnant sur le parc, et sa chaise est recouverte de toile de Jouy dans les mêmes tons que la pièce. Je me tourne et balbutie :

— Mais pourquoi ? Pourquoi cette chambre ? J'ai un chez-moi, et je ne veux pas vivre ici.

— Mais tu *es* d'ici. Je le sais depuis le jour de ta naissance et même avant. Tu ne trouveras ta place dans ce monde, tu n'arriveras à être heureuse que si tu assimiles tout ce que tu vas entendre dans cette maison. Ça va prendre quelques jours, alors autant que tu sois bien parmi nous. Après, tu pourras aller et venir, cette chambre sera toujours là pour t'accueillir. Allez, je te laisse, tu as sans doute des coups de téléphone à donner.

Je reste immobile un instant, puis m'élance à sa poursuite, alors qu'elle amorce déjà sa descente.

— Mamy ?

— Oui ?

— Merci. Merci de ce que tu fais pour moi, même si je ne sais pas encore ce que je dois refuser ou accepter, mais je te dis merci. Merci d'exister. Je t'aime.

— Moi aussi, je t'aime, ma chérie. Allez, file dormir, demain est une longue journée.

— Bonne nuit.

— Et ce que je fais pour toi, comme tu dis, je le fais aussi pour moi. Sans un peu d'égoïsme, il n'y a pas de générosité efficace ! Voilà au moins une chose que les humains pur jus nous ont apprise.

*

Hanna retrouve ses amies dans la Salle des Mémoires. Elles se concentrent déjà sur la mission qui se profile. Comme Hanna, elles ont capté la détresse de Laure.

Alors elles prient en silence, et unissent leurs mains pour envoyer un peu d'apaisement dans l'insomnie de l'amie d'Olivia.

—Pauvre Laure, soupire Gabrielle. C'était indispensable ?

—Il faut le croire... répond Hanna.

Dixième nuit

2 h 00. Un peu tard pour appeler Laure. Tant pis, je tente le coup quand même. Au bout de trois sonneries, elle décroche :

—Allô ?

—Je te réveille ?

—Non, pas tout à fait. Heu… désolée, j'ai pas pu te rappeler tout à l'heure. Comment ça va, de ton côté ?

—Oh, là ! C'est quoi cette voix ?

—Rien, rien.

Je n'ai jamais entendu Laure comme ça. Un filet de voix lourd, sourd, absent.

—Le monde perd la tête, et moi j'veux pas être décapitée, c'est tout.

—C'est tout ! Mais qu'est-ce qui se passe ?

—Un coup de cafard comme un coup de soleil, mais… j'ai de l'écran total, t'inquiète pas.

—T'es sûre ?

—Ouais, ouais… Allez, quoi de neuf chez les vieilles ? Raconte.

Ma main me brûle. Est-ce un signal ? Laure ment pour me détourner de son malaise. Elle va mal, je le sens. Mais elle ne semble pas vouloir s'étendre. Alors je me tais.

—Il se passe plein de choses, ici. Un peu long de rentrer dans les détails par téléphone mais, en résumé, elles m'ont montré la marque en question, comme dans le livre que tu as lu.

— C'est vrai ? Et c'était où, sur la nuque ou sur la main ? lance Laure, revigorée par cette révélation.

— Sur un ongle. La nuque, je n'ai rien vu et elles ne m'ont rien montré.

— Tu crois que ce sont des… enfin… comme dans le bouquin ? Parce que, par les temps qui courent, y a tellement de charlatans ! C'est peut-être des décalcomanies ou des faux ongles !

— Qu'est-ce que t'es sceptique, toi, alors ! Allez, laisse tomber cinq minutes tes bits, tes processeurs, tes méga-octets et tes gommettes ! Et imagine un peu que tout ça pourrait être vrai. Pour de bon. J'ai des preuves, Laure…

J'ai parlé vite, m'efforçant de tenir à distance mes propres doutes.

— Ah, bon, lesquelles ?

— La marque de ma main est identique à la leur.

En lui disant ça, j'écarte ma main : la marque est là, mais plus la sensation de brûlure.

— Et après ? C'est pas une preuve tangible, ça. Elles t'ont endoctrinée, marquée au fer rouge, c'est tout ! Pas de nouvelles de toi pendant douze heures et c'est la cata ! J'en étais sûre ! Elles en profitent pour passer par derrière et te bourrer le mou ! Je suis sûre qu'elles t'ont dit que t'en étais ?

— Que j'en étais de quoi ?

— Ben, du bâtiment céleste !

— Ah ! *A priori*, oui.

— Bien sûr. C'est évident. Ma copine est une envoyée du ciel qui vient guérir les maux de la terre et qui se déguise en humain les jours de perme divine ! Et ses copines de régiment ont soixante-quinze ans de moyenne et s'amusent à voler, en chantant sous une verrière ! C'est normal, tout ça, je dirais même : limite banal. Dis-moi, vous buvez quoi, là-bas ? Je vais peut-être venir, moi, ça a l'air assez sympa, votre gîte rural.

—O.K., d'accord, je reconnais que... Eh merde, je sais plus, moi ! Quand c'est toi qui en parles, je me rends bien compte que ça a l'air complètement irrationnel, puéril, ridicule. Mais tu sais, quand je suis avec elles, ça paraît tellement naturel...

—Normal. Sauf que la vérité, c'est qu'y a un club de douairières super mégalos qui se sont dit : « on va lui faire pousser des ailes, comme ça elle n'aura plus besoin d'avion pour être hôtesse de l'air ».

—Écoute, au lieu de te moquer.

—Je me moque pas, je m'inquiète.

—Je crois qu'il faut dormir, ça nous fera du bien à toutes les deux, dis-je en passant sous silence mon voyage dans le temps, pour ne pas entendre les reproches délirants ou les explications concrètes de Laure.

—O.K. On garde le même plan. Je reprends les recherches demain, dès la première heure, et toi, tu mates tout ce qui paraît douteux, d'ac ?

—D'accord. Mais... c'est pas si douteux, ici, tu sais.

—J'veux bien te croire... J'veux bien tout croire, aujourd'hui.

*

Laure, assise par terre, adossée au mur du couloir, sait qu'elle est prête à avaler n'importe quoi, et plus encore, si ça l'éloigne de sa réalité. Le teint encore brouillé par les larmes, elle réfute les phénomènes dont Olivia est le témoin, mais juste pour ne pas chavirer. Cette objection, sans conviction profonde, la stimule. Elle enchaîne :

— Mais je pense que ta tristesse du moment te joue des tours et que tu ferais mieux de rentrer à Paris.

— Laure, si tu savais comme je me sens bien ici.

— J'imagine…

Laure manque ouvrir son cœur, parler à son amie de la lettre qui vient de bouleverser sa vie. Elle n'a plus la force de faire semblant. Mais, déjà, elle se ressaisit pour reprendre son habituel ton sarcastique.

— D'un autre côté, j'voudrais pas te retrouver au service des urgences en gérontologie, avec tout ce que ça traîne comme maladies, les vieux ! En plus, je les sens vraiment contagieuses, tes vieilles.

— Bon, on file au lit, parce que là, tu dérapes grave. À demain.

Laure raccroche, une boule dans la gorge. Elle aurait bien aimé déraper encore un moment, pour ne pas se retrouver seule, dans le silence. Mais il faut bien qu'elle s'y habitue.

Dans un sursaut, elle se relève et va brûler dans l'évier le courrier du laboratoire d'analyses. Malgré elle, en regardant la réalité disparaître dans les flammes, elle adresse une prière aux sorcières qu'elle s'efforce de démasquer. Une prière pour qu'elle puisse continuer à vivre comme si de rien n'était. Encore un peu, au moins. Un tout petit peu.

*

Aux Pierres Vives, une séance extraordinaire a été organisée. Entourées de Joseph et Gérard, Ève, Myriam, Hanna et Gabrielle consultent et prient à tour de rôle — seules armes qu'elles possèdent pour détourner les forces du Mal qui vont s'abattre sur Olivia. Malheureusement, avec de telles puissances, on ne sait jamais quelles formes elles prendront ni quand elles frapperont, empruntant des chemins détournés, sinueux, parfois pavés de bonnes intentions.

Quel rôle la petite Laure va-t-elle tenir dans cette attaque ? Le poids du secret de sa détresse est-il une arme ou un bouclier ? Elles n'en savent rien. Le seul avenir auquel elles ont accès est celui qui ne les concerne pas. Alors les quatre femmes fabriquent et envoient des protections vers le *cinquième ange*, tout en sachant pertinemment que ces paratonnerres ne garantissent qu'une sécurité relative. Leur vocation, leur compétence est de guérir, non de prévenir. Aujourd'hui, il leur faut agir. Et seules.

Onzième jour

La nuit a été courte. Je me réveille avec le chant des oiseaux, bientôt troublé par le grincement d'une roue de brouette. D'un bond, je me précipite vers la fenêtre restée ouverte. Je me penche pour héler Joseph, mais je ne vois que sa silhouette tourner au coin du bâtiment. Encore raté ! J'aimerais tellement lui parler à celui-là.

Une petite salle de bains jouxte ma chambre, mais l'accès se fait par le couloir. En ouvrant ma porte, je me retrouve face à Gabrielle, qui sort de sa chambre.

—Bonjour du matin ! Bien dormi ? Nous sommes voisines de chambrée, c'est génial, non !

—Salut, Gabrielle. Ouais, c'est génial, on habite le même couloir, maintenant.

—Tu verras, il est parfois long, ce couloir…

—Ça m'en a tout l'air.

—À tout de suite, au petit déj' !

Et déjà elle dévale l'escalier, me laissant plantée dans le couloir en culotte, les serviettes de bains à la main et une pensée compatissante pour ceux qui vivent à demeure avec des hyperactifs.

La table est dressée dehors. Une odeur de café embaume l'air, mêlée à celle du pain. Ce matin, Ève est allée au village acheter fruits et pain croustillant. C'est impressionnant de voir la fille du général manœuvrer la 2CV comme si elle était aux commandes d'un tank. Elle est la seule à avoir son permis, avec Gabrielle, bien sûr. Mais, après la soirée d'hier, Ève a préféré la laisser dormir et s'est emparée du volant pour pousser une reconnaissance jusqu'au village. Grâce à Dieu, elle a réussi à éviter tous les arbres.

Une ambiance légère flotte autour de la table. Forte du réalisme de Laure, j'entame avec une lucidité prudente :

— Qui sommes-nous réellement ? Parce que, par rapport aux textes saints, un ange, je veux bien mais, dans la vie concrète de notre société, nous — et je mets ce « nous » entre guillemets, d'accord ? — nous n'existons pas. Et puis même, ça voudrait dire que nous venons de là-haut, et moi, j'ai eu des parents *normaux*. Hanna, tu te souviens de ma naissance et tu es la mère de mon père. Alors qui sommes-nous ?

Je vois bien que toutes veulent me répondre avec l'impatience d'enfants en quête de bons points, mais elles laissent Hanna le faire.

— Nous sommes faites de chair et de sang, comme tous les êtres qui nous entourent. Nous naissons de la même façon, avec une mère et un père. La seule chose qui nous distingue des autres, c'est la part de divin que nous avons ramenée avec nous, sans la mettre en veilleuse, comme on le fait ordinairement pour vivre une existence *normale* et s'intégrer au monde *réel*. Les gens ne sont guère attentifs à ce qu'ils portent en eux. Ils ont peur de ce qu'ils ne voient pas, car comprendre *l'Invisible* relève d'une autre connaissance, bien plus spirituelle. Tout pourrait être meilleur, s'ils se faisaient un peu plus confiance. Confiance en ce legs de la mémoire collective. Notre rôle est d'alimenter le pivot même de l'existence d'un être : la force d'aimer, parce qu'aimer est LA raison de vivre. La seule. Sais-tu pourquoi tout devient facile et accessible à ce moment-là ?

—Parce que l'être humain comprend qu'il faut donner pour recevoir l'amour en retour. Que c'est une histoire d'échange mutuel.

—Bien sûr, tu as raison. Mais c'est surtout parce qu'enfin il trouve un équilibre dans son axe de vibrations. Il est alors en harmonie avec l'*Univers*. Il trouve sa vérité. Notre rôle est d'ouvrir les yeux, le cœur et l'esprit des personnes que nous rencontrons. Bientôt, nous allons nous désincarner comme Paola, et ce sera à toi et à Gabrielle de reconnaître d'autres messagers et de les ramener dans leur propre lumière. Je crois aux anges. Je crois en nous. Je crois en toi, Olivia. Et c'est pour ça que tu es ici.

—Mais c'est un rôle difficile : toutes les histoires d'amour finissent immanquablement par des... ruptures. En plus, je vous ai vues... comment dire... flotter dans les airs et, ça, un être humain *normal* ne peut pas le faire. Je ne peux pas le faire, moi.

La chaleur est devenue étouffante dans le jardin. Myriam se penche et pose une main sur la mienne. Sa bouche s'étire, ses yeux se plissent comme si elle regardait très loin. En moi.

—C'est ce que tu *crois* avoir vu. Mais laissons la voltige de côté, et revenons à tes choix. Effectivement, toutes ces histoires finissent par des séparations. En apparence. À ces moments-là, il ne faudra pas laisser place au dépit, parce qu'il embrumerait ton esprit et te conduirait dans une impasse. Il ne faudra voir que ce que tu as donné, garder les cadeaux offerts par la passion partagée, et cette force indestructible que diffuse l'amour sera ta sève. Tu grandiras un peu plus à chaque histoire et tu verras l'autre, quel qu'il soit, repartir plus léger. À condition que l'amertume ne vienne pas perturber les douceurs.

— Il faut garder le sens du sucré ! lance Ève sur un ton jovial pour détendre l'atmosphère. Toutes ces passions ne sont que de bons desserts. Même quand elles surviennent en apéritif !

Je m'amuse de l'image, sans pour autant perdre le fil de ma réflexion.

— Mais se séparer d'une personne aimée laisse toujours des résidus de tristesse en nous. Après, il faut vivre avec ça.

— Ton rôle n'est pas de te lamenter ou de vivre un après dans la mélancolie, me répond Hanna, un peu sèchement. Il faut juste être sûre d'avoir donné le meilleur de soi aux êtres qui en avaient le plus besoin. Aider et apaiser, remplir d'énergie positive les personnes mises au rebut par les circonstances. Lorsque tu comprends ça, tout s'éclaire d'une nouvelle manière, et vivre une séparation n'est pas si terrible, pour peu que tu saches le bien que tu as fait, et celui que tu es appelée à faire ailleurs. Alors, c'est avec dignité et grâce que tu te retireras dans le silence. Un silence actif.

*

Une Mercedes bleue file à vive allure sur l'autoroute A6. Malgré les 160 km/h affichés au compteur, aucun radar ne se déclenche à son passage.

Au volant, l'écouteur de son téléphone portable enfoncé dans l'oreille, Alexandre est concentré sur la route, silencieux. Il tourne mécaniquement le bouton de fréquences de l'autoradio pour se caler sur France Info :

— … 9 h 15, flash infos sports. Le Milan AC… frrrrrrrrrrrr…

Étonné, Alexandre réajuste la fréquence, certainement une zone de mauvaise réception. Il regarde l'écran de son téléphone, qui affiche « numéros d'urgence uniquement ».

Énervé, il frappe le volant. Le silence le met mal à l'aise. Soudain, l'aiguille de son compteur de vitesse oscille vivement de droite à gauche, et son téléphone vibre, sans appel. Alexandre ralentit et rejoint la file de droite. De la radio s'échappent des grésillements. Ne prêtant plus attention aux dérèglements de ses appareils, il redresse la tête, fixe à nouveau la route et reprend son allure. Ses pupilles sont dilatées, son regard immobile, hypnotisé, vide. Et la voix résonne dans l'habitacle, en modulant les parasites :

— … Reprends-la… Ramène-la…

*

10 h 00. Laure émerge d'un sommeil agité. Repoussant sa couette du bout des pieds, elle s'étire longuement avant de rejoindre la cuisine. Elle jette un coup d'œil autour d'elle et constate que son désordre habituel s'est transformé en capharnaüm général, formant des strates alternées de sédiments textiles et de vaisselle sale.

— Une vraie catastrophe écologique… Bon, j'commence par ouvrir la fenêtre pour aérer et, le reste, j'verrai plus tard.

Elle sort dans le hall de l'immeuble, en pyjama, son bol de café dans une main, et porte un toast aux boîtes aux lettres.

— À votre santé, mes belles !

Le courrier ne lui fait plus peur, désormais. Les deux pages qu'elle a brûlées hier soir, au fond, c'est comme une lettre anonyme lui annonçant qu'un jour elle mourra dans un accident. Voilà. Tout le monde est mortel, on ne va pas s'empoisonner la vie pour autant.

Laure regagne son appartement et ferme la porte du talon. Elle lâche sur la table du salon les enveloppes du jour, qui claquent bruyamment.

Pour vaincre sa fatigue de la nuit, elle boit d'une traite une seconde tasse de café, avant de se cacher derrière le rideau de douche et de tenter de maîtriser le jet d'eau à l'écoulement aléatoire, gouverné par des dépôts de calcaire.

C'est en s'asseyant devant son ordinateur qu'elle se décide à affronter le courrier. Elle tend le bras mollement pour s'emparer de l'enveloppe la plus grande.

— Génial ! Enfin la réponse du cadastre !

Elle se presse de la décacheter et déplie la lettre dactylographiée, à la tournure administrative. Ses yeux s'écarquillent. Elle relit. Laure vacille, puis empoigne le téléphone, les yeux rivés sur le papier qu'elle tient dans l'autre main :

— J'veux bien accepter que ma copine débloque, mais là, si l'administration s'y met aussi…

*

Hanna repousse délicatement sa chaise.

— Lorsque tu as mal, lorsque tu es blessée, dès que revient l'idée qu'une personne aimée ait pu abîmer la confiance, la fidélité et la fiabilité de tes sentiments, alors ton cœur se rétrécit jusqu'à devenir une petite noisette. Le mal qu'Alexandre a fait, il est toujours là, en toi…

Elle pose une main sur ma poitrine.

— Je le sens, et tes souvenirs te rongent car tu n'arrives pas à concilier ton cœur et ta raison. Mais la raison est parfois aveugle, alors que le cœur, lui, sait voir au-delà des dilemmes. Tu penses avoir trouvé une certaine sagesse, mais aujourd'hui cette sagesse n'est encore qu'un leurre. Elle n'est qu'un mélange de déception, d'échec et de résignation. Il est temps pour toi de comprendre pourquoi tu as traversé ça. Pourquoi lui. Ce que tu lui as apporté, ce qu'il t'a donné. C'est à ton tour de nous parler. Prends le temps qu'il te faudra.

De la main, Myriam fait glisser jusqu'à moi un Cahier à la couverture blanche, une rose rouge est posée dessus. Je le regarde.

— Sois heureuse de lui avoir proposé des solutions, du rêve et de l'harmonie, de lui avoir ouvert une porte sur le bonheur. Et même s'il est parti, toi, tu es forte de l'expérience que tu as eue. Forte des plaisirs reçus, forte de la douleur surmontée. Lorsque tu auras compris ce que tu lui dois, tu sauras que l'épreuve en valait la peine. Même si toutes les histoires semblent se répéter, écris à ton tour ce que tu as vu et vécu. Fais-le pour tous les autres.

Elles quittent la table, me laissant seule. Mon regard passe du blanc du Cahier au bleu du ciel, comme pour demander l'autorisation de délivrer mes mots. Je sens une légère brise me caresser la nuque et, soudain, j'entends la voix de mon père.

— Le moment est venu de tourner la page, mon enfant. Après l'avoir écrite. Le moment est venu d'arrêter cette loyauté machinale qui te pousse à reproduire les blessures du passé. Brise-la. Alexandre est le passé, mais il agit encore sur ton présent et gouverne ton avenir. Ne le laisse pas faire. Je sais que son image te hante, qu'il ne s'en va pas, alors libère avec tes mots, à l'encre de tes émotions, le souvenir de cet homme pour le délivrer de toi-même, et ainsi maîtriser à nouveau ton destin.

Je détourne la tête lentement pour voir le visage de mon père. Mais il n'y a rien derrière moi, juste la silhouette de Gabrielle, qui disparaît dans la maison.

*

Laure enfile précipitamment un jogging et un sweat-shirt. Elle fourre quelques affaires dans un sac à dos, puis claque la porte. Dans le hall, elle ôte la chaîne qui retient son vélo à la rambarde de l'escalier, gagne la rue et enfourche l'engin.

Heureusement, il ne pleut pas encore. Elle pédale de toute sa puissance, grille un ou deux feux et emprunte quelques trottoirs, mais il faut faire vite ! C'est dans les derniers mètres qui la séparent encore de la gare de Lyon que le ciel craque, lui crachant dessus toute l'eau retenue depuis des jours. Elle regarde le ciel et lance, furieuse :

—Putain ! On dirait qu'y en a que pour moi ! Tu pouvais pas attendre cinq minutes, non ?

Elle s'engouffre dans la gare, encore à cheval sur son vélo, freine au dernier moment devant une borne électronique, d'où elle commande son billet. Le train part dans cinq minutes. Laure rejoint le quai A et saute dans le premier wagon, son vélo accroché à l'épaule.

—C'était moins une ! souligne un jeune soldat engoncé dans un uniforme kaki, le regard langoureux, en posant une main serviable au creux de ses reins.

—Garde à vous ! lui réplique Laure, ruisselante et exténuée, tout en frottant la roue sale de son vélo sur le treillis du garçon.

Bougeant dans tous les sens sur son fauteuil de seconde classe, Laure combat en silence les odeurs humaines que ne masquent plus les cigarettes désormais interdites. Dans le compartiment, personne ne remarque son agitation.

Munie de son portable, elle essaye depuis une heure de joindre Olivia, mais le réseau fait défaut. Elle ferme les yeux et se remémore les mots du document administratif du matin.

Dans le ciel, juste au-dessus du train, une colombe vole avec régularité. Elle semble accompagner le convoi.

Toujours pas de réseau. Laure se résigne, fourre le portable dans la poche de son sweat et s'endort.

*

Aux Pierres Vives, trois vieilles dames regardent dans le vide, autour de la table de cuisine, en sirotant une tasse de thé.

— Elle est en route.

— Qu'est-ce qu'on va faire d'elle lorsqu'elle sera là ?

— On verra bien. Laissons-la retrouver Olivia et farfouiller un peu partout.

— Ça risque d'être assez drôle ! En tout cas, ça lui fera du bien.

— Venez vite ! s'écrie Gabrielle en déboulant dans la cuisine. Y a un problème avec Joseph !

Les trois autres se tournent vers elle. Entre leurs doigts, les tasses se ramollissent, laissant couler le thé sur leurs jupes.

*

La route défile. Alexandre ne voit plus l'asphalte. Un tourbillon s'est formé dans sa tête. Une tempête l'a pris d'assaut, en le rivant étrangement sur une obsession unique : le corps d'Olivia. Toutes ses courbes se dessinent sous ses yeux, il les sent au bout de ses doigts, il entend même leurs cris partagés dans l'étreinte, l'orgasme qui monte…

Les parasites sont toujours là, alors que la radio est éteinte. Alexandre ne les perçoit plus, il fait partie d'eux. Le numéro d'Olivia se compose sur son téléphone, sans qu'il y touche.

*

Seule dans le jardin, je regarde le paysage, essayant de ne plus penser. Mon téléphone vibre : appel anonyme. Je décroche.

—Allô ?

—C'est moi.

—Que veux-tu ?

—J'arrive. Ce soir, à l'hôtel des Loges d'Avignon. J'ai besoin de te voir.

Je raccroche sans répondre. La tête me tourne. La voix d'Alexandre était tellement envoûtante : je l'ai à peine reconnue. Pourtant, elle vibre en moi de tous nos souvenirs. Une seule phrase et je suis retournée. Ramenée en arrière, projetée en avant, je ne sais pas. Comment est-il au courant que je suis dans le Sud ? Laure lui a-t-elle dit ? Qu'il ait fait tout ce chemin me bouleverse, mais notre histoire n'a plus sa place au présent. Les remords me gagnent aussitôt. J'ai réagi en fonction de moi, c'est tout. Dois-je mettre en pratique ce qu'Hanna me raconte ? Dois-je rejoindre, écouter et soulager Alexandre ? Au risque de me perdre… ou de me retrouver ?

*

Hanna, Ève, Myriam et Gabrielle entrent en coup de vent dans le pavillon du gardien. Gérard les attend, les traits altérés par l'angoisse.

—Merci d'être venues ! Dites-lui de se calmer, je vous en supplie, il va me faire une attaque !

Il les emmène jusqu'à Joseph qui, hirsute et en sueur, s'escrime sur les mollettes de son poste à galène, tentant d'interpréter les grésillements qui se chevauchent.

—Qu'est-ce qui se passe ? demande Hanna, affolée.

—Il y a deux audiofréquences ! beugle Joseph, véhément. Ils agissent sur deux fréquences ! Une bonne et une mauvaise ! Mais impossible de savoir quelle est la bonne et quelle est la mauvaise. Contre laquelle faut-il lutter ? Tout est brouillé ! Et peut-être que c'est la bonne qui est le vecteur du Mal, et inversement ! Qu'est-ce que je dois faire ?

—Contre-attaque sur les deux ! ordonne Ève, retrouvant son autorité innée de fille de général.

—Et tu te calmes ! s'écrie Gérard en écho.

—Rien... ne... peut... nous... arrêter... modulent les parasites, sur fond de larsens.

Excédé, Joseph balance le poste à galène contre le mur, où il se fracasse. Dans le silence qui suit, la voix d'Hanna s'élève :

—Dans le doute, essayons de bloquer tout ce qui vient vers nous.

—Tu es sûre ? s'inquiète Myriam. Mais si on bloque le Bien, on renforce le Mal...

—... le Mal qui travaille peut-être pour le Bien, rappelle Gabrielle, ou bien j'ai mal compris ?

—La seule protection dont je suis sûre pour Olivia, réplique Hanna, c'est ce que je viens de laisser dans sa chambre. Faisons comme j'ai dit, le temps presse.

*

J'ai regagné ma chambre avec une impression étrange. Je sens Laure à mes côtés, inquiète et mal à l'aise, comme si elle m'observait en redoutant mes réactions. Peut-être parce qu'Alexandre tente de revenir dans ma vie, que le doute et l'envie se confondent dans ma tête, et que Laure déteste cet homme ? Lui a-t-elle dit où j'étais, dans l'espoir que l'amour *terrestre* m'empêche de céder aux envoûtements qu'elle redoute ?

Je hausse les épaules, et aperçois une enveloppe posée sur le bureau. Je sors les feuilles qui se trouvent à l'intérieur. Une petite carte portant l'écriture d'Hanna tombe sur la table :

Il ne m'en voudra pas

Intriguée, je déplie délicatement les pages jaunies par le temps. Elles sont signées de mon père. Je retiens ma respiration, m'assieds et lis à voix basse, sans savoir à qui cette lettre est adressée.

Mon cœur aurait pu souffrir de ton long silence. Mais non. Même s'il signifiait l'abandon, la présence d'un autre homme dans ta vie, j'aurais été heureux que tu t'autorises un bonheur buissonnier à ton tour. Parce que l'amour est au-delà d'un confort égoïste. Parce que le véritable sentiment est de vouloir le mieux pour la personne qu'on aime.

Comme au soleil d'automne, tout s'illumine d'une couleur nouvelle, celle que tu m'inspires, et embrase mes souvenirs.

Et j'aime cela.

Notre histoire aurait pu s'arrêter dans ce silence, alors je t'aurais dit merci. Merci de m'avoir redonné goût à cette vie, même privé de ta présence.

Je comprends enfin que les sentiments vrais existent, que l'amour est au-dessus de toute chose. Comme un pont qui enjambe le cours du temps. Alors je traverse. Et je regarde en bas.

Peut-être ai-je tout construit seul ? Peut-être ai-je tout inventé de notre histoire ? Peut-être. Mais je refuse que ton silence soit révélateur d'un mal-être. Je ne veux pas t'imaginer comme prise dans un piège que tu ne souhaitais pas, chausse-trappe de cette relation dont nous parlions à voix basse.

Cette histoire d'amour est arrivée à petits pas dans nos vies, sans crier gare, et elle est repartie de la même façon, légère et dense. Et j'ai aimé cela. Pourquoi ? Parce qu'elle n'a pas fui, elle s'est juste retirée, tout doucement, en laissant derrière elle le meilleur de la vie : la certitude et l'espoir.

Et j'aime cela.

Nous avons puisé l'un dans l'autre la force qui nous manquait, sachant que, tôt ou tard, cette relation s'estomperait à mesure que nos forces reviendraient.

Merci d'avoir accepté la lumière que j'ai mise en toi et qui a révélé la mienne. Merci de m'avoir aimé, même en silence. Mes pensées accompagneront chacun de tes sentiments, même si je n'en suis plus l'objet.

J'ai aimé notre complicité, j'ai aimé faire l'amour avec des mots, j'ai aimé tes regards, ta pudeur, ta façon unique de me voir, de me suggérer, de m'imaginer. J'ai aimé te dire les choses les plus cachées de mon être.

Aujourd'hui, je te demande pardon pour mes longues absences. Tu te cachais dans une attente silencieuse, je me réfugiais dans les paroles à distance. Peur de comprendre, peur de souffrir, peu importe, c'était notre histoire et chacun est différent. Il faut simplement essayer de rendre ces différences complémentaires.

Aujourd'hui, tu t'es changée en papillon, légère et libre. Et le plus beau cadeau que l'on puisse faire à un papillon, c'est de le regarder danser dans les airs, nous éblouir de ses couleurs, tout simplement, sans vouloir le retenir.

Alors vole. Et ne t'oublie pas.

Ne laisse jamais tes couleurs déteindre, ne laisse jamais personne t'enfermer dans ses regrets, pour te laisser mourir dans le pli d'un rideau mal accroché.

Vole et n'oublie pas qu'il existe des maisons aux fenêtres toujours ouvertes et qu'il fait bon s'y poser. N'oublie pas qu'un jour, malgré cette enivrante liberté, il faudra renaître, parce que la vie d'un papillon est éphémère. Alors n'oublie pas que, ce jour-là, il faudra avoir le courage de ne plus regarder le passé, de te refaire un cocon pour redevenir toi-même.

Et sache que jamais je n'ai voulu immortaliser tes couleurs en t'embaumant dans notre histoire.

Aujourd'hui, je te remercie encore de cette puissance que tu m'as offerte. Grâce à elle, j'ai réussi à te dire combien notre rêve m'a remis sur pieds, j'ai réussi à dire combien je tiens à toi et comme il a été doux de parcourir un peu de cette longue route à tes côtés.

Mon cœur restera tien.

Sacha

*

Le train freine brusquement et s'arrête en pleine voie, ce qui réveille Laure en sursaut. Le contrôleur annonce une attente indéfinie. Une vache a échoué sur les rails, il faut l'évacuer.

— Mais comment c'est possible un truc pareil, sur la ligne Paris-Marseille ?

Laure se retourne en se recroquevillant dans son fauteuil. Elle remonte la fermeture de son sweat et referme les yeux.

— Trop conne, la vache !

Au-dessus du train immobilisé, la colombe dessine des cercles.

*

À cinquante kilomètres d'Avignon, la voiture d'Alexandre est stoppée sur la bande d'arrêt d'urgence. Il regarde le mécano penché sur son moteur. La cabine de la dépanneuse est envahie de parasites. Alexandre sourit, le regard absent. Rien ne l'arrêtera.

*

Au bout d'un quart d'heure, n'arrivant pas à se rendormir, Laure part à la recherche d'un employé de la SNCF pour savoir s'ils attendent qu'on évacue la vache par hélicoptère. Quand elle revient bredouille, une mauvaise surprise l'attend. Le courrier administratif qui lui a fait quitter Paris en hâte, et qu'elle a posé contre la vitre pour dévier de son cou l'air tiédasse de la grille de ventilation, a disparu. Elle cherche par terre, demande à ses voisins. Personne n'a souvenir d'une grande enveloppe marron, censée réduire les courants d'air.

*

Je pleure. Mes larmes tombent sur le papier en formant de petites flaques d'encre.

Prise d'une envie irrépressible, je saisis mon téléphone et fais le numéro d'Alexandre. Il décroche à la première sonnerie.

— J'y serai.

— Je suis heureux. Merci. Moi aussi, j'arrive bientôt. On dit à dix-neuf heures ?

— D'accord.

Je raccroche sans autre mot, et regarde la lettre.

Mon père a aimé avec toute la générosité et l'abnégation que j'ai tant de mal à mettre en pratique. Je mesure, au travers de ces lignes, tout le chemin que j'ai à parcourir pour lui ressembler. Ce soir est peut-être un premier pas ? Je n'entends pas Hanna entrer, sa voix me fait sursauter.

— Lui aussi a vécu une passion, tu vois. Et avec une autre femme que ta maman. Parce qu'il savait qu'il ne pourrait vivre cet amour sereinement — cela aurait impliqué de te laisser toi et ta mère —, il a préféré chérir de loin l'élue de son cœur. Pourtant, cette femme lui était destinée.

— Il a donc été malheureux toute sa vie ?

— Non, il t'avait toi… et ta mère.

— Mais comment a-t-il fait pour vivre cette épreuve sans jamais rien dire à personne, sans pouvoir se confier ? Il n'a jamais craqué ?

— Si, bien sûr. Il a ressenti le besoin de revoir cette femme. Alors il lui a écrit une seconde lettre. C'est là que ta mère a tout découvert, lorsque la réponse est arrivée. Il n'a jamais su ce que cette lettre disait. Catherine l'a détruite, les yeux plongés dans ceux de ton père, dans un face-à-face sans appel. Lui a baissé la tête, puis les bras, et il a subi ce mariage jusqu'à la fin. Ta mère, elle, s'est sentie plus forte d'avoir trouvé la seule faille, le seul lien qui pouvait enchaîner l'homme qu'elle avait choisi : le sens du devoir. Le sens du sacrifice.

— C'est pour ça, son visage parfois si triste et son regard qui partait ailleurs...

— Oui. Mais les fractures de l'âme ont toujours une bonne raison d'exister. Pour ton père, il s'agissait de comprendre que la vie n'est pas paisible sans amour, simplement terne et vidée de sens. Pour ta mère, comprendre qu'un cœur sec ne donne pas le pouvoir, mais simplement des années stériles, qui conjuguent une vie en pure perte. Chacun en a voulu à l'autre de ce qu'il avait fait pour le garder. Mais sache que, pour se haïr à ce point, il faut s'être beaucoup aimés.

Lentement, Hanna sort de sa poche une seconde enveloppe semblable à la première.

— C'est le brouillon de son ultime lettre. Elle est à toi. Maintenant, je vais te laisser, on se verra au dîner.

Je prends l'enveloppe, une boule dans la gorge.

— Mamy, je ne serai pas là au dîner. Alexandre m'a donné rendez-vous. Et... j'ai accepté de le voir.

*

Hanna s'arrête net sur le seuil de la porte. Elle interroge le silence pour trouver confirmation. Ce retour d'Alexandre est-il un piège ou une étape nécessaire, à ce stade de l'initiation ? Est-ce le poison ou l'antidote ? Elle n'a pas le droit d'agir sur le libre arbitre d'Olivia. Les mots de son père l'aideront à y voir clair, c'est tout ce qu'elle sait. De toute manière, les obstacles qu'elles ont tenté de dresser mentalement pour protéger sa petite-fille ont été contournés. Hanna le sent bien et elle a conscience que, désormais, il n'y a qu'Olivia qui puisse les arrêter, en acceptant son rôle.

— Gérard t'accompagnera.

Et elle referme la porte.

À mesure qu'Hanna avance dans le couloir, les tomettes se dématérialisent sous ses pas. La maison commençait à aller mieux, à se restructurer, mais voilà qu'Olivia disperse ses énergies. Une porte bleue apparaît au fond du couloir. Hanna s'enferme dans la pièce. Et la porte disparaît.

*

Enfin Avignon ! Laure déboule du wagon avec son vélo, incapable de se rappeler le nom de la commune sur laquelle elle avait demandé des renseignements de cadastre. Comme si, en se volatilisant dans le train, le document avait effacé toute trace dans sa mémoire. Sauf une, qui motivait l'urgence de son départ. Elle s'arrête devant le plan de la région, dans le hall.

— Eh ben, j'suis pas rendue, moi ! Y en a partout des bleds !

Elle compose, dans un geste de dernier espoir, le numéro d'Olivia. Toujours la messagerie.

— Allô, Olivia, c'est moi. Qu'est-ce que tu fous ? J'sais plus comment faire, moi, parce que je me souviens pas du village dont dépendent les Pierres Vives. Si tu peux me rappeler, ça m'aiderait assez, tu vois ! Je suis à la gare. À tout' !

Une colombe vient de se poser sur l'abribus en face de la sortie du bâtiment, et semble regarder à l'intérieur.

Laure bifurque en direction du kiosque à journaux et demande, à tout hasard, la route des Pierres Vives. La vendeuse ne connaît pas. Une voix, juste derrière elle, les interrompt :

— Vous allez aux Pierres Vives ?

Laure se retourne. C'est un homme d'une cinquantaine d'années, les cheveux poivre et sel mi-longs, avec des lunettes rouges coincées dans un pli de son front.

— Oui ! Vous connaissez ?

— Bien sûr. Je prends mon journal et je vous conduis. J'ai un client à charger dans les parages.

— Génial ! Sympas, vos lunettes !

— Je m'appelle Gérard.

Quelques minutes plus tard, Laure pédale comme une malade derrière un taxi blanc.

— Gérard, mon cul, ouais ! J'charge pas les vélos ! J'charge pas les vélos ! Et « Je vous conduis », pour lui, ça veut dire « je vous précède », oui ! En plus, il pollue comme un malade avec sa voiture à mazout !

À l'intérieur de la 404, Gérard attrape le micro de sa nouvelle radio CB, et presse le bouton rouge du côté :

—Jo, tu m'entends ?

—Oui, 5 sur 5.

—Elle sera d'ici vingt minutes au carrefour des Trois Saules, comme elles me l'ont demandé.

—O.K. Je vérifie si elle voit la maison ou pas.

—J'espère qu'elle la verra.

—Oui. Si le lien qui l'unit à Olivia est vraiment aussi fort qu'on pense, elle la verra fatalement.

—Autrement, elle ne pourra pas nous rejoindre…

—Garde espoir, Gérard, garde espoir.

Le soleil est déjà bas quand Laure arrive enfin au carrefour que lui a indiqué Gérard, lorsque leurs routes se sont séparées. Trente kilomètres dans les jambes, la rage au creux du ventre et les cheveux collés par la transpiration, elle appuie son vélo contre un platane.

—Punaise ! En plus, il se l'est joué manège de Pollux, le Gérard ! J'ai l'impression qu'on est passés mille fois devant ces arbres ! Il reculait au lieu d'avancer, ou quoi ?

Une haie très haute longe la route, interminable. Laure grimpe sur une grosse souche pour apercevoir, entre les arbres, la maison que lui a décrite Olivia. Elle ne voit rien : trop de feuillage. Avec un soupir de lassitude, elle s'assied sur la souche pour reprendre son souffle.

Un bruit de moteur lui fait tourner la tête. Une voiture de l'Office National des Forêts approche en ralentissant, s'arrête devant elle.

Un garde forestier descend et désigne son vélo, en questionnant :

—Vous avez un problème ?

Par acquit de conscience, Laure lui demande ce qu'il y a de l'autre côté de la haie.

—Les Pierres Vives.

—Ah ! Vous la connaissez, alors, la maison ?

—Quelle maison ?

—Ben, les Pierres Vives.

—Ce n'est pas une maison, les Pierres Vives : c'est juste des rochers les uns sur les autres, c'est comme ça qu'on les appelle par ici. Un truc de la préhistoire, ou tout comme. En Bretagne, ils diraient un dolmen.

Laure avale sa salive avec peine.

—Et y a des gens qui habitent là ?

—Des campeurs, vous voulez dire ? Oh, non ! Personne n'a le droit d'entrer. C'est une chasse privée.

—Elle appartient à qui ?

—Je sais pas. On n'y chasse pas, d'ailleurs. Demandez à Joseph, le pavillon plus loin sur la route. C'est le seul habitant du coin. Bonne promenade !

Laure attend que la voiture verte disparaisse. Elle planque son vélo dans les fourrés, puis entreprend de longer la haie en cherchant un passage. Elle finit par repérer un trou dans le feuillage, s'y faufile le plus discrètement possible.

—Fait chier ! Des épineux... J'en ai marre de me prendre la tête avec les problèmes des autres. J'ai assez à faire avec les miens ! Merci, Olivia ! J'espère qu'y a pas de clébard, au moins !

Laure passe la haie tant bien que mal. Elle se retrouve dans un sous-bois qu'elle traverse avant d'arriver en bordure d'une grande pelouse.

—Ben, merde, alors ! Quel menteur, cet homme de la forêt, y en a bien une de maison, ici. En plus, on peut pas l'oublier celle-là, tellement elle est moche ! Mais pourquoi elle ne figure pas sur le cadastre ?

*

Après un long moment d'hésitation, je lis la seconde lettre. « L'ultime », comme l'a dit Hanna. Scrupule ou instinct de défense, je ne sais pas ce que je brave, mais je sens qu'il le faut.

Je me sens pourrir, seul, devant cette femme que je n'ai pas su quitter. Cette femme que j'ai laissée déchirer ta lettre, sans même l'avoir lue. Moi aussi, je me sens déchiré à jamais. Sans réponse, comment peut-on survivre à la lâcheté ?

Pourtant, j'espère ton retour. Même si je sais que ce jour n'arrivera pas. Peut-être trop d'orgueil pour venir enfin te retrouver, alors que je porte en moi tout cet amour que j'ai laissé en friche. Je ne suis qu'un peu plus vide depuis que j'ai tout transformé en absence, en passivité, en résignation.

Je sais que j'ai fait le choix de la raison, et tu sais que je le sais. Alors quel courage ou quelle hypocrisie faudrait-il à un homme pour revenir les mains vides vers celle qu'il a sacrifiée ? Pour venir essuyer les larmes qu'il a fait couler en pure perte ? Je ne sais où trouver ce courage-là. Je ne sais même pas si cette qualité dort en moi. Mais chaque jour un peu plus, je l'espère parce que je t'aime…

Brusquement le vertige me prend, le brouillard est là aussi, mais je n'ai pas mal comme les fois précédentes. Dans une danse en spirale, j'ai l'impression que mon corps s'élève. Je ferme les yeux juste avant d'être happée.

Lorsque je les rouvre, je suis dans la salle de bains de mon enfance. Papa est en face du miroir, il respire un foulard, puis se caresse le visage avec. Doucement, il s'assied sur le rebord de la baignoire, ramassé sur lui-même, ne lâchant pas le bout de tissu. Il ferme les yeux.

Mes larmes troublent la scène. J'aimerais le prendre dans mes bras. Je ne veux pas le voir triste. J'avance, mais me cogne le front. Quelque chose m'arrête, quelque chose d'invisible. N'ai-je pas le droit de le soulager ? J'ai tellement de choses à lui dire ! Je voudrais tant qu'il me découvre en adulte ! Nous ne nous connaissons pas, ou si peu ! Pourquoi ne pas modifier le passé, si le temps est superposé comme un millefeuille ? Je hurle mon incompréhension, ma révolte, ma prière : « Je suis là, papa ! Regarde-moi ! Perçois ma présence, comme je le fais quand tu m'apparais... Console ta peine en regardant ce que je suis devenue grâce à toi, produit de ton sacrifice et de ta présence posthume. Dis-moi que je valais la peine que tu t'es infligée... »

Deux mains invisibles se posent sur mes épaules, et subitement tout devient calme. Je ne sens plus rien. Comme anesthésiée, je regarde à nouveau mon père. Maintenant, il tend la main à une personne absente. Ses pleurs se sont arrêtés, il sourit. Puis s'habille.

Tout devient trouble autour de moi.

Je me retrouve sur les quais de la Seine au niveau du pont des Arts. Je marche à côté de mon père. Il semble détendu. Est-ce la même journée ?

Je tente de prendre sa main, comme quand on se promenait tous les deux, *avant*. Quand j'étais enfant. Mais ma main ne rencontre rien. Je n'ai pas de prise. J'essaie à nouveau. Peine perdue. C'est toujours à une autre qu'il pense : je ne suis que spectateur. Alors je le regarde.

Et je le vois chuter. Ses rides se creusent, ses yeux se plissent, ses sourcils supplient. Il s'arrête et regarde l'eau du fleuve, puis ses larmes qui éclatent sur les pavés du quai. Dans son sanglot, il bredouille :

—Tu me manques tellement… j'ai mal…

Je l'entends à peine. Je me concentre et, comme si j'étais dans sa tête, je perçois ses pensées.

—Je t'ai transformée en fantôme, et tu me hantes, mon amour. On a toujours ce qu'on mérite. Tu es partie parce que je n'ai pas su te retenir. Je n'ai pas pu choisir, trop difficile. Impossible, peut-être. Je ne t'ai pas respectée. Je me suis trahi.

Soudain, il se redresse et, d'un revers de main, il essuie ses joues mouillées.

—Je dois trouver la force pour moi. Pour ma fille. Quelle que soit l'issue, il faut que tout cela ait un sens, que nos vies aillent quelque part, même si nos chemins jamais plus ne se recroisent.

Je distingue à peine ses dernières paroles et, l'instant d'après, je suis assise en face de lui dans un café bruyant. Il écrit. Je ne capte plus ses pensées. Elles sont trop entremêlées, raturées. Je ne veux pas que le contact s'interrompe. Je veux qu'on reste ensemble ! Aussitôt, je me retrouve au-dessus de son épaule. Son écriture est fébrile, il va vite, barre les mots et recommence.

... L'overdose des riens qui remplissent ma vie. Je l'ai voulue. Je t'ai abandonnée. Et je me déteste.

Il ne me reste que l'espérance. Alors je m'enferme avec elle pour ne plus voir cette femme qui vit à mes côtés, pour ne plus lui reprocher d'être là, à la place que j'aurais voulu t'offrir. Je m'enferme un peu plus chaque jour, dans cet ultime vœu de te revoir, ne serait-ce qu'une fois, mais c'est encore de l'égoïsme. Tu as peut-être réussi, toi, à m'oublier. En mémoire de nous, je respecterai l'harmonie à laquelle tu es parvenue, j'espère, avec un homme qui te mérite. La seule beauté qui reste en moi, c'est notre amour, alors je ne viendrai rien salir. Tu vois, on finit par tout justifier. Même la lâcheté, avec le temps, se transforme en bonne conscience.

Je t'aime à jamais.

Sacha

Il devient flou. Je tends une main désespérée pour m'accrocher à lui, je ne veux pas le perdre encore ! Mes mains le traversent et, brusquement, il relève la tête, intrigué, étonné :

— Olivia ?

Puis tout disparaît.

Je mords mon sourire, à nouveau assise sur mon lit, aux Pierres Vives, sa lettre dans les mains. Je l'ai revu *de son vivant*, et j'ai réussi à nouer un bref contact. C'est comme une renaissance. Une multitude d'images de mon enfance remontent, et d'autres prennent un nouvel éclairage. Oui, il me manquait lorsque nous étions ensemble, parfois, de manière aussi douloureuse qu'après sa mort. Oui, je l'avais trouvé si souvent distant avec ma mère. Mais maintenant, je comprends le pourquoi de cette indifférence, si soudaine et si dense. Et je lui pardonne. Vivre un véritable amour n'est pas donné à tout le monde, et je me sens fière que mon propre père l'ait frôlé au moins une fois dans sa vie. Sa courte vie.

Les quelques feuillets recouverts de son écriture irrégulière sur les genoux, je regarde par la fenêtre les arbres du jardin. Bientôt, je vais revoir Alexandre. J'espère seulement être à la hauteur. Celle de mon père.

*

Une colombe tournoie dans le ciel. Un peu plus bas, une jeune femme en jogging rose, à quatre pattes sur le sol, semble peigner l'herbe.

—Merde ! Ma lentille ! Oh ! non, pas ça… en plus, chuis sûre qu'y a plein d'aoûtats dans cette herbe pourrie ! Putain de mauvaise journée ! Déjà que ma copine est dans une maison qui n'existe pas, si en plus j'y vois rien…

*

—J'ai encore un problème avec la cuisine, annonce Gabrielle en entrant dans la salle à manger.

—La maison nous échappe, soupire Myriam. J'ai dû condamner la salle de bains de Paola. Un pommeau de douche suspendu au vide, ça fait mauvais genre.

— Mais qu'est-ce qu'elle fiche, ta petite-fille ? fulmine Ève, en se tournant vers Hanna. On a besoin d'elle, et vite !

— Elle fait ce qu'elle peut, la défend Hanna. Elle assimile, elle se raisonne, elle remet en question, elle écoute son cœur. Nous sommes toutes passées par là !

— Ce n'est quand même pas sorcier de coucher par écrit ses histoires d'amour, râle Ève.

— Ça va plus vite quand on a l'estomac à la place du cœur, remarque Myriam, perfide.

Ève hausse les épaules et tend ses mains vers les autres :

— Concentrons-nous. En plus, la petite Laure a dû arriver.

— Elle est là, confirme Hanna. Elle compte passer la nuit dans le parc.

— La pauvre… murmure Gabrielle.

Tout en glissant ses doigts noueux dans ceux de ses voisines, Myriam la tranquillise :

— Ne t'inquiète pas pour elle, la nuit s'annonce clémente.

— On devrait peut-être laisser une porte ouverte, si jamais elle a froid…

— Elle ne manque pas de ressources. Laissons-la, elle aussi, se débrouiller, suggère Hanna.

— Quand même… sans manger ! s'apitoie Ève.

— Au fait, comment se fait-il qu'elle voie la maison ? sursaute soudain Gabrielle.

— Elle est branchée sur l'énergie d'Olivia, dit Hanna. En amitié, la fusion permet parfois d'abolir les barrières de la raison.

—Mais comme elle croit aux murs et pas en nos pouvoirs, ronchonne Ève, ce n'est pas ce qui va rendre la maison moins virtuelle. J'ai l'impression que ma chaise ne me porte plus.

—Ça, c'est pas la faute de la chaise, glisse Gabrielle, malgré elle.

—Allez, on se concentre, rappelle Myriam. Que chacune visualise la maison. Et je t'en prie, Ève, n'agrandis pas encore la cuisine !

Elles ferment les yeux une dizaine de minutes, les mains jointes, puis Gabrielle va vérifier l'effet de leur transe dans la cuisine. Elle sort du four le rôti qu'elle a mis à cuire depuis une heure : il est froid.

Un bruit de moteur lui fait tourner la tête vers la fenêtre. Le taxi de Gérard est devant la maison. Olivia s'engouffre à l'intérieur. Aussitôt, Gabrielle se précipite dans la salle à manger.

—Olivia est en train de partir ! Elle va où ?

Les regards se tournent vers Hanna, qui prend une longue inspiration et leur avoue le rendez-vous de sa petite-fille.

—Et tu as laissé faire ça ? s'effraie Myriam.

—C'est foutu pour la maison ! enrage Ève. Il faut qu'elle couche son histoire par écrit, pas qu'elle s'y replonge en vrai !

—Hanna, tu as laissé le Mal nous enlever Olivia ! s'insurge Gabrielle.

—Je n'avais pas le choix. Ça fait aussi partie de l'initiation. Vous savez ce qui nous reste à faire.

*

Cachée derrière un tronc d'arbre, Laure voit passer le taxi blanc du pollueur de tout à l'heure. Quand il repart en direction du portail, elle reconnaît la passagère assise à côté du chauffeur. Elle hésite à se précipiter. La peur de trahir sa présence auprès des sorcières la retient plaquée contre l'écorce du pin parasol.

Quand le bruit du moteur se dissipe, Laure se laisse glisser au bas du tronc, en espérant qu'Olivia va juste acheter le pain au village. Manquerait plus qu'elle rentre à Paris… Laure essaie de la joindre en vain. Elle laisse un autre message. Et elle écrase son premier moustique.

Onzième nuit

Gérard me dépose sur la place : l'hôtel n'est qu'à une centaine de mètres. Je longe une église aux murs noircis d'une crasse âgée qui la rend austère, puis passe le portique de l'hôtel, traverse en quelques pas le jardin miniature. La réceptionniste lève la tête de son registre, me dévisage. Je donne le nom d'Alexandre. Elle sourit et m'indique, d'un coup de menton complice, le salon sur ma gauche.

Près de la cheminée éteinte, une ancienne roue de moulin devenue table basse, deux fauteuils club élimés et Alexandre. Il se lève en me voyant, s'approche et m'étreint tendrement. Quand la serveuse arrive, il se renfonce dans son fauteuil et commande deux coupes de champagne rosé, mon préféré.

Les premiers instants sont silencieux. Nous nous regardons comme deux inconnus qui se découvrent, comme deux anciens camarades de classe perdus de vue depuis vingt ans. Ses pupilles sont dilatées, son regard est vide, mais son attitude est aimante et douce. Il respire la bonté, la confiance, l'espoir. Je ne suis pas en colère, plutôt paisible, sereine, sûre de moi, parce que je sais maintenant qu'Alexandre n'est plus à même de jouer un quelconque rôle dans ma vie.

—Pourquoi es-tu venu ?

—J'avais besoin de te voir, Olivia, et de t'expliquer ce qui m'est arrivé… mon dérapage.

— Pour que je te pardonne ?

— Non. Pour que tu me donnes une autre chance. Notre bonheur était à portée de main, et j'ai tout gâché.

Alexandre se lance alors dans une plaidoirie, dans un argumentaire où l'amoureux cède la place à l'homme d'affaires. Mais quelle affaire est-ce que je représente pour lui ? Un défi ? Un échec à rattraper ? Une fusion-acquisition qui lui passe sous le nez ? Je l'écoute, silencieuse. Il s'efforce d'être malin, brillant. Mais il est sincère. Les rôles se sont inversés. Il vit cette douleur d'aimer quelqu'un qui ne vous aime plus.

Il s'enfonce et moi, je constate enfin que je lui ai tourné le dos. Lui, à qui d'habitude rien ne résiste, perd pied et il le sent. Il est venu me rejoindre pour me séduire à nouveau, sans rapport de force, avec préméditation et preuves à l'appui.

Maintenant qu'il se repent, qu'il veut réparer ses erreurs, combler ses manques, il se rend compte qu'il n'y a plus, entre nous, que des brisures d'illusions qui ne se recolleront plus, des rêves dissous parce que mis en veille. Lui, est perclus de remords, moi, j'évite les regrets.

Je le regarde me regarder. Alexandre, mon bel Alexandre, qui m'a jetée dans le vide, du haut de ses principes. Alexandre, avec tous ses défauts comme armure, une armure que j'ai aimée comme telle, mais qui n'est plus que rouille.

Il m'émeut. Je sens mon cœur chalouper, heureux de cette mise à nu, de cette confession, ce repentir qui fait naître l'espoir d'une suite, différente. Je suis lucide, et c'est par cette lucidité que je retombe sous le charme.

Alexandre parle toujours. Je me sens mal à l'aise à mesure que je baisse ma garde. Je l'écoute et je perçois maintenant son ton d'amour masqué, gêné, contraint, comme si quelque chose en moi refusait ce qu'il dit. Une autre sincérité perce maintenant dans ses phrases. Il a vécu notre rencontre, notre couple sans y penser vraiment, comme si cette relation devait durer toujours parce que je le concevais ainsi. Il ne s'était donc pas investi « plus que ça », puisque c'était une évidence — tout roulait. Lui qui n'aimait que le provisoire, il s'était mis entre parenthèses pour correspondre à ma demande. C'était ma faute, quoi.

Il avait entretenu notre union machinalement : sans foi, sans force, sans intention. Mais l'intensité et le désir l'avaient rattrapé depuis mon départ, parce qu'une séparation est tellement plus éloquente qu'une relation qui s'installe dans les petits riens de la vie.

Ma main chauffe de l'intérieur, la marque est là. Je la plaque sur l'accoudoir du fauteuil. Il se passe quelque chose, mais quoi ?

Une force grandit en moi, violente, incontrôlable. Ce n'est pas de la rancune et ce n'est pas du pardon. C'est un constat. Et pas à l'amiable. Mon regard ne lui renvoie plus que le reflet de ses « riens ». Il a mis à mort notre relation, et cette mort contre laquelle il pense lutter, il la voit dans mes yeux.

— Olivia ? Qu'est-ce qui se passe ?

Quatre hommes entrent dans le salon et s'assoient à la table d'un cinquième. Ils portent des costumes noirs identiques, costumes de deuil mal assortis à leur expression joyeuse.

Ils m'observent à tour de rôle. Je me sens mieux, plus sereine. Le fait de plaire à d'autres ? Certainement.

Alexandre se lève, il se sent mal. Un vertige. Il va prendre l'air.

Les cinq hommes me sourient, en faisant non de la tête. Drôle de drague. Puis ils repartent, sauf un. Ils n'ont échangé aucune parole. Étrange.

Alexandre revient, tout va mieux. Effectivement, il semble ragaillardi, plus sûr de lui aussi, même si son teint est toujours aussi livide. Une envie monte en moi, différente de tout à l'heure, tout aussi incontrôlable. Hypnotisée, je me sens ramollir sous un tressaillement de plaisir. Pourtant ses stratégies, je les connais par cœur, mais ses mots, ce soir, ont un accent différent, captivant, presque ensorcelant. Je déguste son jeu, son trouble, sa solitude, sa peur aussi. Je sais que je suis hors d'atteinte, alors je peux me laisser aller. Je craque en douceur, et ça me plaît.

Hanna m'a appris à demeurer intacte. C'est la leçon que je vais appliquer. Alexandre me touchera cette nuit, mais sans me souiller. Il n'atteindra pas mon mystère. Notre nuit d'amour sera une piqûre de rappel pour que je puisse l'oublier en connaissance de cause. Et me recentrer enfin. Voilà mes arguments à moi. Le sexe plaide coupable, mais j'ai retiré ma plainte, je déboute mes remords.

Et nous nous enfermons dans sa chambre.

*

— Ça n'a pas marché ! Je ne capte plus Olivia, s'affole Hanna, en se relevant du sol. Et elle ne nous a même pas reconnues.

Les autres se redressent à leur tour, cassant leur formation en hélice.

— Ces forces néfastes sont plus fortes que je ne le pensais, croasse Myriam, crispée.

Assise sur sa croupe généreuse, Ève, furieuse, proteste.

— On ne va pas les laisser faire aussi facilement ! Aux armes, les filles !

Gabrielle, qui découvrait pour la première fois la facette offensive de son job, marmonne :

— Nous avons toujours quelqu'un sur place…

*

Le souffle court au milieu des draps froissés, je contemple la scène avec un étonnement joyeux, proche de l'allégresse. Alexandre est assoupi.

On frappe discrètement. Nous avons peut-être fait trop de bruit ? Je me drape dans une serviette et entrebâille la porte, un peu gênée.

Étonnée, je découvre l'un des hommes en costume de tout à l'heure. Je remonte instinctivement ma serviette.

— Oui ? C'est pour quoi ?

Il se tait, et ses contours deviennent flous. Vais-je retraverser le tunnel en spirale ? Est-ce que c'est une mission ? Ma première ? Son corps est maintenant translucide, ses formes se diluent encore plus, puis se rassemblent à nouveau pour former l'image d'un autre corps… Paola !

— Prends bien garde à toi, il est dangereux.

Puis elle s'évapore.

Je referme la porte. Paola avait dit qu'elle me protégerait… J'observe Alexandre. Je ne vois pas quel danger il représenterait, à part être sans promesse.

Dans le doute, je prends mes vêtements et m'habille. Autant ne pas tenter le diable, si c'est de cela qu'il s'agit.

Alexandre se réveille. Nos deux réalités se font face : son plan de vie est de construire l'avenir de provisoire en provisoire, le mien ne m'appartient plus.

Entre ses lèvres se forment des mots si souvent espérés, mais qui arrivent trop tard.

— Je t'aime… je veux que tu reviennes… j'ai changé… j'ai compris.

Comme dans un film en V.O., je lis les sous-titres. Trop clairement. Il cherche un arrangement pratique pour nos vies, pour me garder en réserve, pour sauver sa mémoire. Mais aujourd'hui, tout a changé, et je lui dois une explication pour lui éviter de gâcher ses projets avec une autre.

— Je t'ai quitté parce que je voulais nous aider, Alexandre. Mais pardonne-moi, parce que je n'ai fait que m'aider moi.

Je baisse la tête, un peu honteuse, puis la redresse pour avouer que c'est terriblement bon de s'aider, que je ne regrette rien, pas même ce qui vient de se passer.

— Adieu.

Alexandre blêmit.

— Reste ! Juste un dernier matin, je t'en supplie !

Son sourire n'est plus que mendicité. Sans réponse, il s'efface. Je vois l'inquiétude, puis la colère s'emparer de lui. Il se ressaisit et passe à l'auto-apitoiement.

—Je ne tombe vraiment que sur des salopes.

D'une voix douce et posée, me sentant forte de la présence de Paola, je lui réponds avec dureté.

—Arrête de te maltraiter parce que, pour moi, tout va bien. Et je n'aurai pas pitié de toi. Ma pitié t'enfoncerait encore plus.

Je le vois s'effondrer, rentrer sous terre, minable. Qu'il apprenne à se relever tout seul !

Je ne suis pas encore celle qu'attend de moi Hanna, alors je n'aurai pas de compassion. Cette rupture, je ne l'attendais pas, il me l'a imposée, en commettant l'irréparable. À ses dépens. Ce soir, il s'en rend compte. Et les plaisirs de la chair partagés ne lui donnent aucun droit, aucune prise.

Alexandre affiche maintenant son expression impassible des grands moments, ceux où il recule — sa vocation première. Il me scrute, gainé de rancune, se sentant certainement sale de ces quelques minutes de sexe. Les rôles se sont inversés.

Il se tait à son tour. Les joutes verbales qu'il m'imposait lui permettaient de garder le pouvoir sur ses émotions. À présent, il ne lui reste plus que mon silence ; et ce soir, il crève l'air pour solde de tout compte.

Je sors de l'hôtel, rassurée.

Comme s'il avait deviné que je resterais si peu de temps, Gérard m'attend de l'autre côté de la rue, au volant de sa 404. Je m'assieds dans la voiture. Il me regarde attentivement, l'air inquiet.

—Tout va bien ?

—Oh, tellement mieux, Gérard.

Il frappe alors de quelques coups d'index précis le poste de CB enfoncé à la place de son autoradio.

Qu'est-ce qu'il fait ? Je n'en sais rien. De toute façon, je suis arrivée au stade où ces phénomènes incohérents et ces comportements excentriques me conviennent. Ces apparitions modulables, ces hallucinations loufoques, ces anomalies du temps me correspondent bien à présent. Déstabilisantes, parfois inquiétantes, mais tellement stimulantes !

*

Depuis la gloriette en chèvrefeuille où elle s'est réfugiée, Laure regarde les lumières de la maison s'éteindre les unes après les autres. Et, peu à peu, la réalité qu'elle a occultée en fuyant Paris la rattrape. Combien de temps lui reste-t-il ? Faut-il encore nier la maladie, lui déclarer la guerre, ou tirer la première en partant avant que le cancer ne l'emporte ? Laure n'a pas beaucoup de proches, mais elle veut leur épargner ses souffrances, son déclin, ses prolongations artificielles.

Entre deux frissons et trois claques anti-moustiques, elle finit par s'endormir pour échapper aux idées noires. Un sommeil intermittent, un rêve où le corps médical, rassemblé en sabbat de sorcières, décide de l'embaumer de son vivant pour qu'elle ne fasse honte à personne.

Le bruit de la 404 la réveille en sursaut. Frigorifiée, elle se fait un café mental pour remettre ses idées en place.

*

De retour aux Pierres Vives, je m'enferme dans ma chambre, assaillie par l'urgence qui monte en moi.

Mon heure d'amour avec Alexandre, et plus encore la rencontre avec mon père *vivant,* qui a senti ma présence dans son passé, ont ouvert une fenêtre en moi, créé un appel d'air. Je jette sur le papier, telles quelles, toutes les paroles que j'aurais tant désiré dire à mes parents. Plus je leur consacre de pages, plus je les sens revivre sous ma plume. Qu'est devenue ma mère ? Continue-t-elle de souffrir en silence dans l'au-delà, prisonnière d'une rancune posthume ou, pire, d'une demande de pardon que personne n'entend ?

À bout de moi, j'éteins la lumière et ferme les yeux. Mais le sommeil ne vient pas. Je me relève, m'accoude à la fenêtre et rouvre le volet qui s'est refermé. Dehors, il fait nuit noire. J'allume une bougie que je dépose sur le rebord de la fenêtre, pensant que sa lumière se voit de loin, peut-être même du ciel. Ainsi, lorsque ma mère sera prête à me parler, à son tour, elle trouvera son chemin dans l'obscurité. C'est naïf, mais c'est sincère.

Une envie pressante d'écrire à Alexandre me bouscule. Je prends à nouveau le Cahier, m'installe sur le lit, les oreillers dans le dos. Ma main laisse la plume glisser sur les pages blanches.

*

Laure a gagné la maison endormie, guidée par la flamme scintillant sur le rebord d'une fenêtre. À pas de loup, elle longe la grande bâtisse, priant silencieusement pour ne pas rencontrer d'animal, sauvage ou dompté, plus gros qu'elle. Elle ramasse une poignée de graviers et vise la bougie.

— Merde ! La fenêtre du dessous !

À l'intérieur de la chambre, Ève sourit. Les petites sont là, alors tout va bien. L'épreuve suivante peut commencer.

Laure attend quelques secondes avant de se décoller du mur. La bonne nouvelle est que la maison est faite de vraies pierres. Elle n'a rien d'un mirage, contrairement à ce que l'Administration laisse entendre. En fait, ce lieu est si secret, il s'y trame des choses tellement glauques que même les fonctionnaires de l'O.N.F. essayent de faire croire qu'il n'y a pas de maison, juste un dolmen. Ou alors, c'est encore pire que tout ce qu'elle imagine… Laure tente un deuxième lancé.

— Putain, merde ! La bougie ! Allez, au prochain coup, je fais mouche !

*

Je referme le Cahier, le pose sur le lit défait et je passe dans la salle de bain. Je fais couler un long moment l'eau tiède sur mon corps, comme pour chasser les résidus du passé qui me collent encore à l'âme et rincer la rancœur décapante avec laquelle je viens de conclure, par écrit, mon histoire avec Alexandre. Peu à peu, une impression d'apaisement m'envahit.

Je regagne ma chambre, et reprends le Cahier pour ajouter une phrase. Je reste bouche bée. Il n'y a plus rien ! Les pages que j'ai écrites sont effacées. Qu'est-ce que ça veut dire ? Quelqu'un est-il entré pour voler mes mots ? Ou le Cahier réclame-t-il autre chose ?

Soudain, la flamme de la bougie est soufflée dans un crépitement. Je traverse la pièce et me penche à la fenêtre.

Un caillou m'atteint en pleine tête. Je recule instinctivement, une main posée sur le front, et aperçois, à l'extérieur, une ombre projetée, accrochée par les talons à une forme humaine, debout au milieu de la pelouse et qui ressemble vaguement à...

—Laure ?!

—Salut, ma grande ! chuchote-t-elle, les mains en porte-voix.

—Mais qu'est-ce que tu fais ici ?

—Ben, si t'écoutais un peu plus ton portable ou si tu le branchais tout simplement, tu le saurais. Bon, de toute façon, ça change rien, maintenant je suis là. Dis, tu voudrais pas descendre, ce serait plus cool pour parler, non ?

—J'arrive. Passe par derrière.

Prise d'un doute, je vérifie sur mon portable. Aucun message de Laure, aucun appel manqué. Seul Alexandre a réussi à me joindre.

Je descends à pas feutrés les deux étages, traverse la cuisine et ouvre la porte à l'arrière de la maison. Laure apparaît.

—Mais qu'est-ce qui t'est arrivé ? T'as une de ces têtes !

Laure hausse les épaules. Ses joues sont griffées, une feuille lui colle aux cheveux et les genoux et les fesses de son jogging sont bariolés de traces d'herbe.

— J'te signale que, pour arriver jusqu'à toi, c'est juste le parcours du combattant. Bon, on va pas s'éterniser, ça risquerait de m'énerver !

Je lui saute au cou et l'embrasse :

— Je suis tellement contente que tu sois là, même déguisée en ranger ! Les choses évoluent ici, tu sais. En les écoutant, je comprends petit à petit qui je suis et d'où…

— Attends, attends ! T'arrêtes tout de suite. Je suis pas venue pour discuter des prouesses de tes vieilles. Je suis venue te dire qu'il faut te barrer au plus vite de cet endroit de ouf ! Ça pue l'embrouille ! Ce matin, j'ai reçu la réponse à ma demande de renseignements auprès du cadastre. Pour voir à qui ça appartient exactement, les Pierres Vives, si y a pas une secte derrière… Et tu sais quoi ?

— Non ?

— Eh ben, ici, cette parcelle avec la maison, tu vois, là où on est toutes les deux maintenant…

— Oui, et alors ?

— Ça n'existe pas !

— Quoi ?

— Bluffée, hein ?

— Mais c'est impossible ! Ils se sont forcément trompés !

— Eh non, figure-toi ! Personne s'est trompé. J'ai même demandé confirmation à un mec de l'Office National des Forêts. On parle en ce moment, assises sur des chaises plantées au beau milieu d'un rien du tout qui ne figure sur aucune carte !

— Alors là, tu m'en bouches un coin… Et rationnellement, c'est possible ça ?!?

— Sur le plan administratif, je ne crois pas, non. J'ai perdu la lettre dans le train, mais j'me rappelle très bien le plan du cadastre : on n'a qu'à en demander un duplicata. La parcelle 423 A, celle qui correspond aux Pierres Vives, tu sais ce que c'est, officiellement ? Dix hectares de bois inconstructibles avec des dolmens !

— Pardon ?

— Une chasse privée où on chasse pas. Sur la parcelle où on est, y a pas de maison, y a pas de vieilles, y a rien !

— Mais attends… Tout est réel, tu ne vas pas me dire le contraire !

Je tape du pied sur le sol, donne du poing sur la table puis sur le mur.

— Regarde ! C'est du concret, ça ! Tu le vois bien !

— Tu préfères que ce soient nous, les virtuelles ?

— D'accord, d'accord. Alors si on suit la logique *irrationnelle* d'Hanna : toi, pourquoi tu verrais quelque chose qui n'existe pas ?

— Parce que tu y crois et que je suis connectée à toi, voilà ! Sinon, c'est quoi l'explication ? Une secte qui serait tellement secrète et puissante qu'elle soudoierait l'Administration du Vaucluse pour protéger l'incognito de cette baraque ?

— Tu vois bien que ça n'a rien d'une secte, ici !

— J'sais pas c'que je vois, j'sais pas c'qu'on veut me faire voir. Tout c'que je sais, c'est que je me taille, et tu viens avec moi !

— Non, je regrette. Je suis chez ma grand-mère, et je suis la preuve vivante qu'elle existe, non?

— Faut voir. Enfin, je me comprends.

Laure sort de sa poche un bout de papier et le déplie.

—Tiens, je t'ai amené la feuille avec le fameux symbole.

—Tu as arraché les pages d'un livre de la Bibliothèque Nationale !

—Tu sais, j'fais dans l'informatique, alors, pour moi, le papier c'est jamais qu'une sortie d'imprimante.

Le soleil se lève. Quelques bruits se font entendre dans les étages. Je regarde en direction du plafond.

—Tu entends ?

—Ouais, elles ont le sommeil court, les virtuelles. Moi, je me barre !

—Pourquoi tu ne restes pas avec moi ?

—Je ne reste pas dans une maison qui n'existe pas. Question de principe. Et si les vieilles se rendent compte que j'prends leurs faux murs pour des vrais, elles vont vouloir me recruter moi aussi, et ça, non merci !

—Bon, file, je te retrouve dans la matinée, près du lac.

—O.K., moi, je retourne dans l'humidité. Ramène-moi quelque chose à manger, j'ai super faim. Et un pull, j'en peux plus de me geler !

Je referme la porte et remonte dans ma chambre pendant que Laure disparaît dans les buissons.

Douzième jour

Le petit déjeuner est servi. Myriam, Ève, Gabrielle et Hanna attendent dans le jardin. Toutes me regardent arriver de loin : mes traits sont tirés, l'insomnie se lit sur mon visage. Elles savent que la traversée est difficile. Il faut certainement encore que je passe par des phases de joie, de confusion, de lucidité, mais aussi de colère froide et d'injustice, comme hier soir, avec Alexandre. Le chemin qui mène à soi est si long… Mais j'y arriverai.

—Tu devrais ôter un pull, me conseille Ève d'un ton anodin, mais lourd de sous-entendus, parce que tu vas mourir de chaud dans très peu de temps. Deux épaisseurs, c'est bien trop pour la saison !

—Non, ça va. J'ai un peu froid. Peut-être le manque de sommeil.

Je regarde Hanna et enrobe mon mensonge du mieux que je peux, tout en subtilisant discrètement des bouts de petit déjeuner pour les cacher dans la serviette posée sur mes genoux.

—Je vais rester seule, ce matin, je préfère.

—Fais comme bon te semble, ma chérie.

Je me lève prestement pour que personne ne puisse voir ma serviette gonflée de ravitaillement.

—Au fait, nous devons nous absenter, cet après-midi, lance Myriam, alors que je m'éloigne. Profite, la maison sera tout à toi !

—O.K., merci.

Laure m'attend, cachée, tel un phasme, derrière un arbre proche du ponton. Une colombe tournoie juste au-dessus d'elle.

— Enfin ! Mais t'en as mis un temps ! Y a plein de punaises sur cet arbre et en plus y a la mouette qui va finir par me faire repérer !

— Tiens, du pain et le café que j'ai chopé dans la cuisine.

Je décoince un petit thermos de ma ceinture, puis ôte un pull et le lui tends.

— Tu me sauves la vie ! Une nuit en pleine nature, j'en peux plus. J'ai jamais fait ça ! Je suis une urbaine, moi !

— Ton histoire de cadastre, c'est super intriguant. Mais là, je ne peux pas rester longtemps, j'ai des devoirs à faire. En revanche, la voie est libre, cet après-midi. Elles partent toutes.

— On va pouvoir mener l'enquête de l'intérieur. Parfait.

J'ajoute, penaude, en me balançant d'un pied sur l'autre.

— J'ai vu Alexandre, hier soir.

— Quoi ! Il est là ? Mais t'es devenue complètement folle. Il va tout faire merder !

— Raison de plus, il fallait l'éliminer de l'équation.

— Tant mieux, il devenait lourd.

— Au fait, c'est toi qui lui as dit où j'étais ?

— T'es malade ! Une adresse qui n'existe pas, ça se refile pas à tout le monde. Surtout à ce genre de macho toxique à la con. Tu vas pas te remettre avec lui, hein ?

— Non, jamais je ne retournerai en arrière. Et je crois qu'il l'a bien compris, maintenant. Moi aussi, d'ailleurs. Bon, pour cette nuit, on va te trouver une autre solution que les buissons. Il y a une autre maison à l'entrée du parc.

—Ouais, le type de l'O.N.F. m'a dit. Celle du vieux Joseph. Et c'est une vraie, celle-là : elle existe sur les plans du cadastre. Donc lui, ça doit être un collabo — j'veux dire un normal comme nous, mais au service des vieilles. Je crois qu'il m'a vue d'ailleurs ; je fais super gaffe, maintenant. Au fait, y a des chiens, des animaux, ici ?

—Non, pourquoi ?

—Question de sécurité personnelle. Et méfie-toi de Gérard, là, ton chauffeur de taxi : il a passé la nuit chez le collabo.

—Normal, ils vivent ensemble. Allez, à tout à l'heure !

En l'embrassant, je ressens à nouveau l'aspiration dans le tunnel à spirale. Je me retrouve dans l'escalier de mon immeuble, à Paris, devant Laure en train de pleurer, une lettre dans les mains. Je ferme les yeux, par discrétion. Elle est à nouveau dans mes bras, aux Pierres Vives.

—Il y a quelque chose qui ne va pas, Laure ?

—Pourquoi tu dis ça ? Tu trouves que quelque chose *va bien*, toi ?

Je n'insiste pas, lui rends son sourire et retourne vers la maison avec l'angoisse de Laure au fond du cœur.

*

Gabrielle sort dépitée du grenier bleu. Elle retrouve Ève, Myriam et Hanna sous la verrière.

— On m'a envoyée en mission auprès de quelqu'un du village. Quel ennui… En plus, je ne l'aime pas du tout. Vous savez, c'est le type de l'agence immobilière, celui qui ronchonne tout le temps. Il ne supporte personne !

— On ne te demande pas de le juger, juste de l'aimer, lui répond calmement Hanna.

— Oui, mais lui, son fantasme c'est… un chat ! Pourquoi un chat ? Je ne sais pas faire le chat, moi !

Myriam explique à Gabrielle que les animaux, comme les plantes, ont, eux aussi, une âme que certains êtres humains peuvent capter. Ce sont des âmes moins évoluées, c'est-à-dire moins dispersées. Leur contact rassure les personnes prisonnières de problèmes trop grands, trop forts, trop ancrés. La communication avec ces âmes silencieuses est plus simple, donc tranquillisante. Cela dit, les animaux se voudraient libérateurs, mais, malgré eux, ils ne font souvent que conforter les humains dans leur peur de *l'ailleurs*.

— Et vous trouvez que je suis crédible, en chat ?

— Il ne te manque que la parole, lui répond Ève d'un ton suave.

— Peut-être, mais ça a l'air de lui convenir : il me parle normalement, comme à un être humain, lui !

Soudain, Ève s'immobilise. Elle écarte légèrement les mains, lève le menton au ciel, ferme les yeux, puis revient à elle :

— Oh, non ! On m'envoie en renfort sur ta mission !

— Bien fait ! se venge Gabrielle, d'un ton sec.

—Il doit avoir un sérieux problème, l'agent immobilier, pour qu'on mobilise deux énergies, commente Myriam.

—Je ne vais tout de même pas me mettre à ronronner à mon âge ! s'insurge Ève.

—Ne t'inquiète pas comme ça, jubile Gabrielle. Tu vas voir, c'est incroyable ce qu'on peut faire en chat. Sauter partout et de très haut, se faire caresser, se lécher où on veut…

—Et elle ne te parle pas de la litière, s'amuse Hanna.

*

Au même moment, dans la Salle des Mémoires, Joseph, à voix basse, s'adresse aux Cahiers lumineux alignés à perte de vue.

—Je sais, je sais, je n'ai pas le droit d'être là, mais vos patronnes m'ont dit pour la maladie de la petite Laure. Seulement c'est pas leur problème, tout ce qui compte pour elles, c'est de se retrouver à cinq. Je les comprends, mais je l'ai aperçue, ce matin, la petite… Elle est si jeune… On peut pas laisser les forces du Mal la détruire, et moi j'arrive plus à les neutraliser avec mes ondes. En plus, je vois bien ce qu'ils ont en tête, les Ombreux.

Joseph tourne dans la pièce lentement, en faisant traîner ses pieds sur le sol.

—Ils veulent récupérer Olivia. Si elle perd son amie, après avoir déjà perdu ses parents, elle sombrera dans le chagrin, la révolte, le dégoût, et elle ne pourra jamais réactiver les Pierres Vives… Aidez-moi. Il y a forcément, dans toutes vos pages, la mémoire de quelqu'un qui peut guérir la maladie de la petite Laure.

Alors l'un des Cahiers blancs s'extrait d'une étagère et descend en voletant jusqu'à la poche de sa blouse de jardinier, où il s'enfouit.

Bouleversé de reconnaissance, Joseph remercie par un signe de la main maladroit et quitte en hâte la Salle des Mémoires.

*

À côté des hortensias, assis sur un pliant, Gérard reprise des chaussettes. Il détache les yeux de son ouvrage en entendant les bruits de pas. Joseph regagne le pavillon, la tête basse, le Cahier blanc dépassant de sa poche.

— Mais tu es fou ? s'effraye Gérard. On n'a pas le droit de sortir les *Mémoires* !

— Je crois qu'elles ne risquent pas grand-chose, soupire Joseph.

Il ouvre le livre sous le nez de Gérard. Toutes les pages sont vierges.

Joseph se laisse tomber sur le second pliant qui, sous son poids, s'enfonce dans la terre. En pleurant, il remet le Cahier vide dans la poche de sa blouse. Gérard lui frotte affectueusement le dos pour l'encourager.

— Essaie de négocier. Propose un échange d'otages : le mec, là, l'Alexandre, contre la petite Laure.

Joseph bondit du pliant, les joues enflammées :

— Tant d'années de bras de fer avec ces saletés pour qu'aujourd'hui tu me proposes, toi, mon meilleur ami, de faire un deal avec le Mal ! Mais tu perds la tête, mon vieux !

— Non, Joseph. J'essaie, moi aussi, de trouver une solution pour la sauver, c'est tout. Pardonne-moi.

Déconcerté, Joseph regarde Gérard intensément. Il gardait du mieux qu'il pouvait la porte qu'il avait ouverte sur le Mal, et son Gérard le gardait, lui — Gérard était le gardien du gardien.

Les deux hommes se prennent dans les bras, unis dans leur constat d'échec.

*

Dans la chambre 17 de l'hôtel des Loges, Alexandre se réveille, groggy. Sa bouche est pâteuse, ses yeux collés, son esprit engourdi. Il s'assied dans le lit, se maintenant droit en s'appuyant sur les bras. Il regarde autour de lui ; la tête lui tourne.

— Qu'est-ce que je fous là ?

Il interroge sa mémoire. Elle est vide. Son dernier souvenir actif est un rendez-vous chez son banquier. Il se concentre davantage et, dans un effort douloureux, ramène les images de son cinq à sept avec Barbara. Mais c'était quand, ça ? Quelques réminiscences de sa conversation avec Laure, chez Olivia, remontent en grumeaux, se superposant au reste. Puis le trou noir.

— Qu'est-ce qui s'est passé ?

Alexandre s'habille à la hâte et dévale l'escalier jusqu'à la réception de l'hôtel. Une grande femme anguleuse l'accueille :

— Bonjour, monsieur. Vous prendrez votre petit déjeuner en salle ou sur la terrasse ?

Alexandre la regarde, hagard, comme sous l'emprise d'une drogue.

—Tout va bien, monsieur ?

—On est où, là ?

—À l'hôtel des Loges, monsieur. En Avignon, précise-t-elle devant son air inexpressif.

—Qui m'a amené ici ?

—Vous, monsieur.

—Et j'ai réservé ?

—Oui. Vous nous avez appelés avant-hier soir pour réserver une chambre pour une nuit.

—Je suis arrivé quand ?

—Vous êtes arrivé hier en fin d'après-midi.

—Et comment ?

—En voiture. Votre véhicule est garé sur le parking de l'hôtel.

Alexandre ne se souvient toujours de rien. Son front se plisse, il passe une main tremblante sur son visage fatigué.

—Vous êtes sûr que tout va bien, monsieur ? Vous voulez que j'appelle un médecin ?

—Non, ça va. Et j'ai fait quoi depuis hier ?

—Vous avez bu un verre avec une femme et...

Embarrassée, la réceptionniste stoppe sa phrase.

—Et ?

—Et... elle est redescendue de votre chambre vers vingt et une heure trente, puis elle est partie en taxi.

Alexandre tourne brusquement les talons et sort de l'hôtel, en remerciant la réceptionniste. Qui était cette femme ? Et que faisait-il en Avignon ?

*

Je reste seule, accrochée à mon stylo. À force d'essayer d'extirper mes émotions, de ressasser mon vécu, de me souvenir des êtres que j'ai croisés durant les dernières années, la colère d'hier soir a repris le dessus. Je m'en veux, mais c'est peut-être normal. Et nécessaire.

Les anges n'y entendent rien ! La vie sur terre n'est pas un paradis, même pas une ébauche de paradis !

Je me souviens de l'école, lorsqu'on commence à étudier les mathématiques, il faut ranger les nombres dans de grosses bulles : bulles de semblables. On range par catégorie, par type.

Je regarde ce monde et j'essaie de tout ranger dans des bulles. Dans la mienne, je me sens seule. Tant mieux. C'est dur d'être seule, mais je m'habitue.

Dans la grosse bulle d'à côté, je regarde les gens. Serrés les uns contre les autres, ils sont collés par la glu de leur individualisme. Ils ne se parlent même pas, tellement ils sont obnubilés par les néants qui remplissent leur vie. Ils sont nombreux. Ils se tiennent chaud. Ils sont muets. Pourtant, ils ont tout. Leur voiture roule, leur maison brille, leur argent dort, leur famille est assurée. Moi, je n'ai rien de tout cela.

Un jour, on m'a fait un joli compliment : « Ne change jamais ». Qu'est-ce que cela pouvait bien vouloir dire ? Que l'un d'entre eux avait ouvert les yeux, avait vu ma bulle spacieuse et l'enviait secrètement ? Ou qu'il fallait ne pas changer parce qu'il n'y avait pas de place pour moi, chez eux ?

Parfois, j'aimerais leur ressembler. Ils paraissent si sûrs d'eux, rien ne semble les atteindre. Ils se battent, se neutralisent, sans aucune pitié. Le mendiant leur inspire le dégoût et le rejet, à la rigueur la bonne conscience quand ils mettent la main à la poche. La compassion ne les effleure pas. Ils s'aiment, eux, à travers les autres. L'altruisme n'est qu'un alibi. Lorsqu'ils « font un geste », ils calculent le profit escompté ; autrement ils se dérobent. Ils avancent droit devant parce que rien ne les touche, rien ne les émeut, rien ne les concerne, à part leur ego. Peut-être faut-il être comme eux, rejoindre le groupe et ressembler aux images qu'ils se font de la vie : en noir et blanc ? Gris. Ils sont gris de cœur et de raison. Et ils volent la couleur de mes rêves pour la mâchouiller, comme un chewing-gum. Lorsque je n'aurai plus de goût, je finirai écrasée sur un trottoir, collée sous une semelle. Et ma bulle sera vide.

Je n'ai pas envie de les aider. De les aimer pour les rendre aimables. Je suis trop fragile encore, et la seule manière de me protéger, c'est la dureté. Comme avec Alexandre. Je n'ai pas les moyens d'être un ange. Je ne suis pas faite pour ça. J'ai déjà trop de mal à rester moi.

*

Au bout de la cent cinquantième chanson fredonnée, Laure sort de sa cachette et marche jusqu'au bout du ponton de bois, qu'elle estime assez éloigné de la maison pour ne pas être repérée. De toute façon, ce ne sont pas des yeux d'ancêtres myopes depuis plusieurs décennies qui pourraient la distinguer à cette distance.

Les pieds dans l'eau froide, le regard hypnotisé par les vaguelettes agitant le reflet du ciel à la surface, elle pense aux changements intervenus ces derniers temps, et au coup d'accélérateur auquel elle est contrainte. Tout évolue trop vite, et il faut qu'elle s'accroche pour ne pas perdre pied dans les eaux profondes de l'incertitude, à l'image de ce lac noirâtre qui frôle ses orteils.

Laure remonte délicatement les jambes, les replie et les entoure de ses bras. Relevant les yeux, elle observe un instant les nuages.

Avant de quitter la scène, elle veut le meilleur pour sa seule amie, sa compagne de vie. Elle a tout fait pour la maintenir dans la même réalité qu'elle, mais cette réalité, aujourd'hui, n'a plus de raison d'être. Si Olivia fait vraiment partie d'un monde plus haut, alors elle l'aidera à trouver l'échelle qui y mène. Qu'importe si cette échelle part d'une maison qui n'existe pas.

*

— Où en sommes-nous des scores ? demande Myriam à Joseph.

— Le suicidaire de Marseille, il vaut au moins cent points, affirme Gabrielle.

— Cette année, on va peut-être battre le record ! se réjouit Ève, qui s'arrête net de parler, les yeux fixés sur une étagère où le halo de lumière est troué de noir.

— Qu'est qui se passe ? demande Gabrielle effrayée.

Elle interroge ses amies du regard.

—Il manque un Cahier ! s'exclame Hanna, furieuse. Le mien !

Le Cahier blanc s'envole lentement de la poche de Joseph, tandis que les quatre femmes le dévisagent avec réprobation. Il avoue, penaud, son emprunt, en invoquant l'état d'extrême urgence auquel il doit faire face.

—Vous avez sauvé tant de personnes de la maladie, Hanna, j'espérais trouver une recette.

Le Cahier reprend sa place, éclairant aussitôt la zone d'ombre. Une larme discrète et pudique coule sur la joue de Joseph.

—C'était pour la petite Laure…

Touchée, Gabrielle lui enlace les épaules. Hanna glisse ses doigts dans sa grosse main calleuse :

—Sa maladie n'est pas un accident. Tu ne peux pas t'opposer à son plan de vie.

Ève se rapproche, lui prenant la tête entre ses mains :

—Tout dépend d'elle, Joseph. Elle a choisi de revenir sur terre pour combattre la malédiction qui pèse sur sa famille depuis des siècles.

—Il n'y a rien à faire pour l'aider, alors ?

Joseph est décomposé. On lui explique que la maladie de Laure est psycho-générationnelle, qu'elle se transmet de mère en fille, et que cette information se trouve accrochée à son ADN. On ne peut rien faire pour elle, de l'*extérieur*. La lignée de Laure, ne croyant en rien, a développé encore et encore cette maladie jusqu'à la transmettre à sa dernière descendante. Cette dynastie de rationalistes obtus s'éteindra avec Laure. Sauf si…

—Sauf si quoi ? interroge Joseph, une lueur d'espoir dans l'œil.

—Sauf si Laure accepte notre réalité, si elle trouve une raison de vivre auprès de nous, par exemple, ce qui annulerait la programmation, dit Myriam.

—Et elle est calée, la petite, en programmation, c'est son job ! s'exclame Gabrielle pour réactiver l'espoir autour d'elle.

—Alimentons sa confiance en elle, conclut Hanna, c'est le seul moyen d'augmenter ses forces. Grâce à Olivia, elle donne déjà une réalité matérielle à cette maison. Nous ne pouvons pas la guérir, mais nous pouvons lui apprendre à se soigner. Où en sommes-nous de nos énergies ?

Ève s'approche de la borne lumineuse au milieu de la pièce ronde. Elle appuie sur un bouton et un écran se matérialise, flottant dans les airs. Une carte du monde se dessine et une multitude de points lumineux se mettent en place sur le planisphère. Comme dans la voie lactée, certains sont moins brillants que d'autres.

Au sud de la France, un point irradie. Ève s'exclame, pour se redonner du cœur au ventre :

—Merveilleux ! Nous sommes proches de l'*Incandescence*, vous ne trouvez pas ?

Revigorées par les résultats, Gabrielle retourne en cuisine et Ève, Myriam et Hanna s'installent dans le grenier bleu. Allongées, elles forment à nouveau une hélice à trois pales.

De son côté, Joseph a refermé la pièce avec un regain d'espoir dans son chagrin.

*

On frappe à la porte. Je relève le nez de mon Cahier.

— Oui ?

Gabrielle, chargée d'un plateau-repas pantagruélique, entre. Elle le dépose sur le lit et tire une chaise pour s'asseoir à côté de moi.

— Merci, c'est gentil.

— Alors ? Tu avances ? demande-t-elle en regardant le Cahier.

— Oui, je crois.

— Les premières heures sont les plus difficiles, mais une fois le processus enclenché, une force t'envahit et rien ne peut plus t'arrêter… même pas la faim !

Je mords dans une cuisse de poulet chaude, et lui réponds la bouche pleine.

— Tu as raison, c'est incroyable ce qui se passe en moi. Je passe d'un état à l'autre. Je jongle avec les mots, et tout veut sortir à la fois ! Ça vient dans l'ordre, dans le désordre, avec une sensation bizarre : un besoin de haïr, puis d'aimer. C'est étrange, un peu comme…

— … une purge.

Mon téléphone portable sonne. Au moment où je le saisis, ma main me brûle vivement. Je le lâche. La marque rouge est revenue. Mille questions me brûlent les lèvres, mais ai-je le droit de les poser à Gabrielle ? Je reprends le téléphone, de l'autre main, et décroche :

— Oui, allô ?

— Ouais, c'est moi. Qu'est-ce que tu fous ? Parce que je me fais chier au milieu des arbres, moi !

— Oui, je comprends…

— Tu comprends quoi, là ? Mais qu'est-ce qu'elles te font là-bas dedans ?

— Puis-je vous rappeler ?

— Ben, si tu veux ! J'ai rien d'autre à faire, ça tombe bien.

— Formidable… J'en saute de joie !

— Tu as vraiment la joie mal placée, toi. Bon, si y a un problème, je suis celle qui compte les trèfles au fond du jardin. Y en a qu'une, tu peux pas te tromper.

— Alors à plus tard.

Je repose le téléphone sur le bureau, serre le poing et regarde Gabrielle, mal à l'aise.

— N'aie pas peur de l'échec. Notre but n'est pas de sauver les gens contre eux-mêmes. Ni de les juger.

Est-ce qu'elle parle de Laure ou d'Alexandre ?

Elle s'installe sur mon lit, et me raconte sa première mission. L'histoire d'une femme si semblable à la mienne. J'en déduis que certains hommes sont mis sur notre route pour servir de révélateur, d'interrupteur, en nous abandonnant. Coup de foudre, passion, malentendus, malaises, fuite en avant, rupture et espérance, tentative de pardon, refus d'oublier.

— Comment s'en est-elle sortie ?

— Par la fenêtre. Elle s'est jetée dans le vide pour ne plus voir un miroir désertique, stérile, libre.

Tout devient flou autour de moi. Je suis happée à nouveau par la spirale, et aussitôt je me retrouve au milieu d'une petite chambre au papier peint rose. Une jeune femme, au visage amoché par les pleurs, est assise en bout de lit. Elle se lève, s'approche de la fenêtre ouverte et monte sur le rebord.

Je tends les bras pour la retenir, mais mon corps la traverse. À cet instant, sa tête se redresse, elle fixe l'horizon, puis bascule.

Je suis à ses côtés. Je plane. Elle chute.

Aurore a fermé les yeux. Elle sourit, pour la première fois depuis longtemps.

Au moment où elle percute le sol, je suis aux Pierres Vives, allongée sur mon lit, contre Gabrielle.

Le silence de la défaite s'installe entre nous. Gabrielle reprend, de la même voix neutre qui tente de canaliser l'émotion.

— Elle n'est pas morte de passion, mais de déception. Elle n'a pas pu remonter cette pente qui mène jusqu'à un autre amour. Elle n'avait pas la force, alors elle a préféré partir et rejoindre ce qu'elle croyait être le repos éternel. Nous commettons tous des erreurs. La sienne a été de déposer sa vie dans les mains d'un autre. Elle n'a pas pu contrôler les conséquences, parce qu'elle n'a pas su reconnaître son erreur. Ni tenter de l'exprimer. Sa raison lui mentait. Alors, elle s'est fourvoyée sur le chemin de l'obstination, et elle s'est perdue. Je n'ai pas su l'aider à temps. J'étais un ange débutant et je n'ai pas réussi… Parfois, on n'y arrive pas, même avec toute l'énergie qu'on peut y mettre. Je la poussais vers un autre amour, pour *oublier*, mais moi, j'avais oublié qu'il faut d'abord se réconcilier avec soi-même, avant de pouvoir aimer à nouveau.

Nous restons muettes, main dans la main jusqu'à ce que le sommeil nous gagne. Nous dormons ainsi quelques instants. Sans rêve. Comme un temps suspendu offert à la mémoire d'une petite Aurore perdue.

Puis, je retiens Gabrielle sur le seuil.

— Tu crois que je vais m'en sortir, moi ?

Dans son regard, la tristesse a laissé place à une dureté qui rappelle celle que je découvre en moi.

— Olivia, nous devons toutes sauter dans le vide à un moment donné. Le tout est de savoir si on veut s'écraser sur le sol ou apprendre à voler.

Elle pose ses mains sur mes épaules. Ses traits s'adoucissent. J'en profite pour lui poser une question délicate :

— Tu ne regrettes rien de ta vie d'avant ?

— Bien sûr que si. La nostalgie, c'est ce qui nous relie encore au monde des hommes. C'est la clé de la compassion, de l'empathie, de l'efficacité. Allez, remets-toi au travail, nous avons besoin de toi le plus vite possible.

— Et si je renonçais ?

Gabrielle sent la poignée de porte se ramollir entre ses doigts.

— Nous avons besoin de cinq énergies pour créer notre réalité et pouvoir agir auprès des humains. Si tu renonces, nous disparaissons. Il est trop tard pour former quelqu'un d'autre. Mais ce n'est pas si grave de disparaître : d'autres équipes sont à l'œuvre sur terre, et il ne faut jamais se croire indispensable. Ta décision t'appartient. Mais je suis confiante. Tu as déjà déjoué certaines forces nocives que tu ne soupçonnes même pas.

Le sourire de Gabrielle se tourne vers le poulet rôti sur le plateau. Pour la première fois depuis le départ de Paola, l'électricité de la cuisine a fonctionné normalement. En dépit des doutes qui agitent encore Olivia, ses énergies alimentent déjà le cercle des anges, et la maison, créée par leurs pensées, reprend consistance.

*

Laure marche au bord du lac. Soudain, elle aperçoit à travers les feuillages un miroitement de verre : le dôme. Elle traverse les bosquets et arrive devant la verrière dont a parlé Olivia. Pas de porte. Elle décide alors de faire le tour, en tâtant les parois. Au deuxième tour, un pan de verre s'entrouvre.

Intriguée, elle se glisse à l'intérieur. Et comme l'a dit Olivia, il n'y a rien, à part un autel et un banc de pierre.

Elle s'assied au pied de l'autel, déçue. Au moins, ici, il fait chaud. Puis elle se roule en boule. Et poussée par un mélange de ferveur et de désenchantement, d'extase et de déception, elle murmure un vœu, au cas où.

— Je sais, j'ai l'athéisme comme religion, mais si Quelqu'un entend, je veux juste dire que j'aimerais me retirer avec dignité, SVP.

Subitement, elle est envahie d'une grande sérénité. Et elle sourit.

— … T'en a mis un temps pour venir. Tu crois pas que c'est un peu tard ? À la fois, j'avais qu'à T'appeler plus tôt…

Laure ne saisit pas à qui elle s'adresse, mais elle s'endort. Paisible.

*

Alexandre roule depuis une heure en direction de Paris. Il ne comprend toujours pas.

Barbara, qu'il a jointe par téléphone, lui a confirmé leur dernière séance de lit. Mais c'était il y a trois jours. Elle ne se rappelait pas qu'il avait parlé d'un rendez-vous dans le Sud.

Qui était cette inconnue avec qui il avait passé une partie de la nuit ? Non seulement elle ne lui avait pas laissé de souvenirs, à part la certitude d'une harmonie amoureuse jamais éprouvée auparavant, mais elle avait empoisonné ce qui composait sa vie jusqu'à aujourd'hui. Il n'avait plus envie de Barbara, de leurs projets communs, mêmes provisoires. Il n'avait plus envie de la fusion-acquisition sur laquelle il mobilisait ses collaborateurs depuis des mois. Il n'avait plus envie de sa vie telle quelle. Et plus il se le formulait, plus il se sentait léger. Il ne se reconnaissait plus, comme s'il était régénéré par l'amnésie.

Nettoyer par le vide. Il se sentait désormais prêt à tout investir dans une vraie relation avec une femme, à effacer les brouillons stériles dont Olivia et Barbara avaient été les dernières victimes.

Il ignorait qu'il était la première réussite d'Olivia, sans qu'elle en ait conscience. Sa *mission zéro*.

*

Par la fenêtre, j'aperçois Laure qui sort du bois, au fond du parc. Dès que la 2CV transportant Ève, Myriam, Gabrielle et Hanna franchit la grille du parc, elle se met à courir en direction de la maison. J'attends quelques minutes avant de descendre la rejoindre, de peur que l'une d'entre elles ne soit restée.

—Eh ben, c'est pas trop tôt !

—Allez, viens, on passe par le frigo avant notre exploration.

Nous entrons dans la cuisine, et je m'arrête aussitôt. Le mur du fond n'existe plus. À la place, s'entremêlent les branches d'un grand chêne, et un chemin mène jusqu'au bois. Je n'en crois pas mes yeux ! Mais au moment où je visualise les lieux tels que je les ai toujours vus, le mur se rematérialise.

—Tu as vu ?

—Quoi ? demande Laure sans se retourner, la bouche pleine, concentrée sur les rayons du réfrigérateur.

—Tu n'as rien vu ? C'est peut-être mieux comme ça. Commençons par le haut.

Laure attrape une pomme, un bout de fromage et passe devant moi. En sortant de la pièce, tandis que je vérifie la solidité des murs, je réalise ce que ma pensée vient de faire.

—J'espère qu'elles ne sont pas adeptes de l'élevage des chauves-souris ! Parce que, moi, les rats volants, je peux pas blairer.

—Pas la peine d'aller plus haut. Au second, il n'y a que ma chambre, celle de Gabrielle et l'ancienne de Paola.

Laure n'écoute pas et grimpe. Elle pousse la première porte et jette un œil à l'intérieur.

—Plutôt spartiate la déco. On dirait du Laura Ashley version cellule de nonne.

Je réplique, vexée, que c'est ma chambre.

— Et là-bas, c'est quoi ?

Je me retourne et aperçois une nouvelle porte au fond du couloir.

— Elle n'y était pas, cette porte ! Pourtant je connais la maison par cœur, depuis le temps que je viens.

— Ben, t'as dû mal regarder, ou c'est encore un tour des vieilles.

Une sensation bizarre m'envahit au moment où je m'apprête à ouvrir la porte inconnue.

— Laure, tu crois qu'elles voient ce qu'on fait ?

— Si elles sont ce qu'elles disent être, alors y a de grandes chances pour que, même absentes, elles nous surveillent. Cela dit, on fait rien de mal. Fouiller une maison qui n'existe pas, c'est pas un crime.

Nous pénétrons dans la pièce, une sorte de vaste grenier peint en bleu du sol au plafond. Le toit est ajouré de vasistas permettant au soleil d'éclairer la pièce par des rais réguliers. L'union des reflets bleutés et des puits de lumière donne une impression d'immatérialité et de profondeur. Un crachin de poussière flotte dans l'air. La pièce est vide. Çà et là, pendouillent des bouquets de feuilles séchées.

— C'est les mêmes branches qu'à côté du dôme de verre !

— Comment tu sais ça ?

— Parce que figure-toi que j'ai eu tout mon temps pour me balader dans ce parc immense et j'te dis qu'y a les mêmes autour de la verrière.

Laure saisit l'un des bouquets :

— Sûr, elles font des décoctions avec !

— Tu ne vas pas repartir dans tes délires de sorcières ! Regarde plutôt les poutres.

Chacune d'elles est sculptée. Aux lettres d'un alphabet ancestral s'entremêlent différents symboles : des figures géométriques, des astres, de la végétation, des personnages avec des ailes, mais aussi des animaux.

— De telles sculptures ne traversent pas le temps clandestinement. Elles laissent forcément derrière elles des traces, des individus. On continue à chercher, et on va trouver.

— Regarde celui-là, on dirait une sorte de sceau.

Laure se rapproche.

— Ouais, je l'ai vu dans un livre. C'est un tétramorphe. Il représente les évangélistes. L'homme c'est Matthieu, le bœuf c'est Luc, le lion c'est Marc et l'aigle c'est…

— Jean.

Je suis hypnotisée par le décor.

— Bon, c'est bien joli tout ça, mais y a rien à voir ici, à part la copie des grottes de Lascaux, version biblique !

— Tu as raison.

Un souffle d'air traverse la pièce lorsque nous sortons. Je m'immobilise sur le seuil, la main encore sur la poignée de la porte.

— Tu entends ?

— Hein ?

— Le chant, tu l'entends ?

— Arrête, on est seules dans la baraque !

— Chut, écoute ! J'entends un son, comme une chorale.

Je me concentre, Laure m'observe en tendant l'oreille.

—Encore une vibration d'un autre espace-temps ! Et juste dans ta tête, j'te signale ! Pourquoi j'peux pas avoir une stéréo perso, moi aussi ?

Le chant s'arrête.

—C'est fini.

—Et ça racontait quoi ?

—Je n'en sais rien, il n'y avait pas de paroles.

—Y faudra que tu leur demandes, c'est peut-être en option, les sous-titres.

Nous descendons l'escalier pour nous rendre au salon.

—Eh ben… on dirait la B.N.F., en mieux. C'est vachement beau, ici.

—Regarde, la plaque dont je t'ai parlé.

Accrochée sur l'une des étagères, une sorte de bouclier en métal brille. Du bout des doigts, Laure tripote l'objet dans tous les sens pendant que je fouine sur les rayons du haut, perchée sur une échelle. Au centre du médaillon figure une sorte de croix. Laure remarque qu'elle n'est pas faite dans le même métal que le reste. Soudain, la croix tourne lentement et, dans un cliquetis d'horloger, un pan de mur s'entrouvre légèrement.

—Oh, merde, une télécommande ! Je crois que j'ai fait une connerie… Olivia ? Viens voir, y a un truc qui bouge de ce côté !

Je saute les trois échelons qui me séparent du sol et me précipite vers Laure. Un panneau s'est entrebâillé dans les boiseries. Les yeux fouillant la brèche, nous essayons de distinguer une forme dans la pénombre.

—J'y vois rien.

—Moi, non plus. Essayons d'ouvrir un peu plus.

Nous tirons de toutes nos forces le mur, qui pivote lentement, en grinçant. Peu à peu, nos yeux s'habituent à l'obscurité et nous distinguons un escalier à vis.

— On fait quoi, maintenant ?

— Ben, on y va ! On est là pour ça, non ?

Nous nous engageons, avec appréhension, et grimpons une vingtaine de marches avant de nous retrouver en face d'une porte en bois décorée d'un motif semblable au symbole du bouclier métallique.

— Eh ben, ouvre ! C'est toi *l'élue*, alors c'est toi qui dois le faire. Si jamais ça brûle les mains des autres !

Tout en bougonnant, Laure se protège derrière moi, qui soulève la clenche et pousse la grosse porte. Mon cœur bat la chamade. La pièce est ronde, décrivant un cercle parfait. Les murs montent à perte de vue, sans fin. Laure bégaye :

— T-t-t'as vu, y a y a pas de pla-pla-plafond...

Comme soutenus par des rais de lumière, des milliers de livres blancs sont ordonnés sur les parois, grimpant jusqu'à l'infini. Aucune lampe, aucune bougie, et pourtant la pièce est baignée d'une lueur translucide. La lumière semble venir de derrière les livres.

— Elles l'ont caché où, l'halogène ?

— C'est d'une beauté incroyable...

— Mais qu'est-ce qu'elles font de tout ce papier phosphorescent, les vieilles ?

J'explique à Laure l'histoire du Cahier qu'on m'a remis la veille. Depuis quand mes devancières lèguent-elles leur vie pour la transmettre à la postérité ?

— Je pense que c'est ici que chacune laisse son histoire terrestre. Une sorte de mémoire collective.

— Tu imagines, si on fait tout flamber ? Plus rien de toutes ces archives vivantes à lumière autonome ! Amnésie générale !

— Tu crois que ça les ferait disparaître, que toutes ces émotions, ces joies et ces douleurs pourraient définitivement partir en fumée ?

— Ben, j'serais toi, j'essaierais même pas, parce que, si t'es comme elles, tu perdrais ton patrimoine.

*

— Je ne me souviens pas d'avoir douté à ce point, s'étonne Hanna.

— D'avoir été aussi incrédule, moi non plus, renchérit Myriam, assise à ses côtés à l'arrière de la 2CV.

— C'est peut-être normal, une sorte de mutation de l'espèce, suggère Gabrielle, le volant en main, concentrée sur la route.

— Question d'osmose. Elles ont peur de leur réalité. Celle des anges pour l'une, celle du cancer pour l'autre. Mais ne pas connaître la peur, c'est ne pas connaître l'espoir, et la petite Laure a besoin de cette étape.

Le silence envahit l'habitacle. Puis Ève reprend gravement :

— Et après, qu'allons-nous faire d'elle ?

— Une bouche de plus à nourrir, soupire allègrement Gabrielle.

— C'est elle qui choisira, tranche Myriam.

—Je pense que l'endroit convient, dit Hanna en désignant une allée cavalière qui coupe la route départementale.

Gabrielle met son clignotant, arrête la voiture sur le bas-côté et coupe le moteur. Elles attendent quelques minutes, pour s'assurer que personne ne passe sur la route, et chacune commence à se dématérialiser, à tour de rôle, pour gagner le lieu de sa mission.

—Tu as encore oublié de mettre les warning, ronchonne Ève.

Avant de se téléporter, elle se penche à la place de Gabrielle pour actionner les feux de détresse, une manière de signaler à d'éventuels rôdeurs que les occupants de la 2CV ne sont pas loin. On n'est jamais assez prudent, même quand on est un ange.

Cet après-midi-là, Hanna traverse les feuilles du temps, et s'incarne en une jeune chirurgienne remplaçant au dernier moment un grand mandarin en début d'Alzheimer, sur le point de saboter une greffe de rein. Myriam raisonne, sous l'apparence d'un steward, un pirate de l'air qui veut se faire sauter avec un Airbus. Quant à Ève et Gabrielle, elles se retrouvent côte à côte et s'aperçoivent qu'elles voient le monde avec des yeux de chats.

*

Du bout du doigt, Laure montre un emplacement vide sur une étagère.

—Tu crois que c'est la place de ton Cahier à toi ?

Son ton est solennel. Est-ce la peur de me voir me *transformer* ? La peur de me perdre au moment où, sans vouloir me l'avouer, elle a besoin de moi ?

— Viens, Laure. Elles vont bientôt revenir.

Je lui prends la main pour sortir de la pièce. La mienne me gratouille légèrement ; je continue à capter l'angoisse de Laure, sans être à même d'en déterminer l'origine.

Tandis que nous approchons de la porte, une dalle s'enfonce légèrement sous notre poids. Aussitôt, un bloc rond en marbre blanc monte du sol.

— Eh merde ! J'ai encore fait une connerie…

— Regarde !

Une sorte de clavier à sept touches, incrustées de symboles, occupe le centre de la partie supérieure du bloc.

— Un ordinateur céleste ! Enfin, c'est ma partie !

Laure appuie sur une première touche. Apparaît alors, au milieu de la salle, un écran en hologramme représentant un planisphère.

— Tu crois que c'est quoi, ces points lumineux ?

— Je n'en sais rien, mais je sens qu'on ne doit pas aller plus loin. Allez, on file !

Je saisis Laure par la manche, mais elle résiste.

— Je préférerais rester, pour une fois qu'y a quelque chose dans mes cordes. J'essaie d'entrer dans le disque dur ?

— C'est trop tôt. Viens !

*

Il est 22 heures lorsque j'entends la 2CV traverser le parc. Laure s'est endormie dans ma chambre. Je referme mon Cahier et éteins la lumière.

Douzième nuit

Le ciel est blanc. La lune flotte dans cette mousse cotonneuse. Elle diffuse une lumière lactée qui accentue l'intensité du fond de la toile onirique.

Je flotte aussi dans le décor. Je vois, loin sous mes pieds, les ombres de la végétation du parc, l'ombre de mon corps. Un bien-être m'envahit. Le temps s'est arrêté et le désir de rester dans cet espace de nuit me gagne.

Je plane sur le monde pour en ressentir les effervescences. Je vois sans pouvoir parler, sans pouvoir toucher. Je deviens une antenne, un canal et apprends à discerner avec mon cœur en sentant où et comment il faudrait intervenir… J'ai l'impression de suivre la première phase d'un apprentissage, peut-être sans fin.

Le paysage change. Maintenant les dimensions deviennent différentes et les formes s'estompent dans la nuit pour ne laisser apparaître que l'essentiel. Un autre monde s'ouvre à moi. Je suis à la fois moi-même et tout ce qui m'entoure, communion d'atomes et de vibrations. Je plane, changeant de cap seulement par la pensée. Je vis dans le mouvement du monde, en suspension, protégée par une bulle de joie. L'émerveillement atteint son paroxysme quand je vois une nuée trépidante m'entourer, m'englober, m'inclure. Je suis l'un de ces êtres cristallins qui se forment et se déforment au sein de cette nuée…

Une force me déplace brusquement. Je suis projetée à une vitesse vertigineuse à travers tout le décor. Une porte se ferme dans un claquement électrique. Puis une autre ! On me pousse dans le dos, on me tire par un ruban invisible sortant de mon estomac. Soudain, une pression se fait plus forte sur chacune de mes épaules. Une voix, que je distingue à peine, devient de plus en plus audible. Un craquement bruyant dans la nuque fait éclater un feu d'artifices cramoisi dans ma tête, et mes yeux s'ouvrent.

— Réveille-toi ! Y a les gothiques qui remettent ça !

Laure court vers la fenêtre, me laissant allongée sur le lit, hébétée. Une sensation d'hallucination m'habite, comme l'impression d'avoir traversé les coulisses de la réalité : un monde plus vrai que nature, et qui pourtant est le produit de mes rêves.

J'écoute Laure sans trop comprendre. Petit à petit, ma lucidité reprend ses droits et tout se fait plus précis. Je saute du lit et la rejoins à la fenêtre.

Effectivement, des bruits de pas et de conversations montent du jardin.

Dehors, dans l'allée qui borde la grande pelouse, quatre ombres se dirigent vers la maison. Myriam, Ève, Gabrielle et Hanna, vêtues de leur aube blanche, reviennent de la verrière.

— Va voir, me susurre Laure à l'oreille.

Sans faire de bruit, je me glisse hors de la pièce, descends à pas feutrés les escaliers pour aller à la rencontre du quartet angélique. C'est sur le palier du premier étage que je croise Ève et Myriam, qui me souhaitent une bonne fin de nuit, puis Gabrielle, qui ne dit rien, juste un sourire, avant de disparaître dans la seconde volée de marches. Hanna monte l'escalier d'un pas lourd, tout en m'observant.

— Je sais que tu aimerais comprendre plus vite, mais chaque chose, chaque parole a une raison d'exister bien à elle et à un moment précis. Va vite te recoucher. Demain, nous parlerons. Au fait, agréable, ce voyage astral ?

Sans me laisser le temps de répondre, Hanna est déjà au fond du couloir.

Je la regarde un instant s'éloigner, puis elle s'évanouit derrière la porte de sa chambre, me laissant seule, en petite culotte, au milieu de cette grande maison qui n'existe que par leur volonté.

Laure, tout émoustillée par la perspective d'obtenir des nouvelles fraîches, m'attend tapie derrière l'armoire, dans l'angle de la pièce où elle s'est réfugiée. Je lui dis que je reviens bredouille.

— Bon, y a rien de palpitant du côté des mémères, O.K., mais tu peux quand même m'aider à sortir de ma planque parce que là, ça coince !

Une fois que Laure s'est rendormie, je m'installe au bureau. Sans vérifier si les pages précédentes du Cahier ont conservé ou non mon écriture, je couche d'un trait sur le papier les émotions qui demandent à prendre forme.

Treizième jour

La matinée est déjà bien entamée lorsque Hanna vient frapper à ma porte.

—Je t'attends en bas. Une promenade, ça te dit ?

—D'accord, je me dépêche.

Juste avant de quitter la pièce, Hanna me fait un clin d'œil en désignant le lit d'un hochement de tête. J'enfile ma robe, puis m'assieds sur le matelas pour attacher mes chaussures.

—T'es où ?

—Là, juste sous tes fesses ! Si tu pouvais te lever pour que je puisse m'extirper et virer le gros ressort qui me rentre dans le bide, ce serait sympa.

Je me penche en avant et regarde sous le lit. Dans cette vision inversée, je vois le visage de Laure, écrasée entre sommier et plancher. Je m'esclaffe en la tirant par le bras.

—Putain, j'en peux plus de toutes ces frayeurs ! C'est pas un hospice de schnocks, ici, c'est *La Guerre des étoiles* !

—Pourquoi tu ne veux pas leur dire que tu es là ?

—Parce qu'elles jettent un sort à tous ceux qu'elles accueillent dans leur maison bidon ! Y a qu'à te voir. J'veux conserver ma lucidité jusqu'au bout. J'suis le rempart de la raison, moi !

—Elle en a de la chance, la raison.

—Ouais, c'est ça, tâche au moins de faire cracher le morceau à ta mémé.

— Quel morceau ?

Laure réfléchit un instant. Tant de questions sans réponse doivent se bousculer dans sa tête qu'elle ne précise pas sa demande.

— Allez, file, tu vas être en retard.

— T'es sûre ?

— Ouais, allez, bonne balade ! Et dire que j'vais encore m'emmerder toute la matinée…

Je fais une halte dans la cuisine pour attraper deux tranches de pain et me rue dans le jardin à la recherche d'Hanna. Je la retrouve un peu plus loin, au milieu des fleurs. Je m'agenouille auprès d'elle, qui taille un massif.

— Ça, ce sont des aloès. Connais-tu leur provenance ?

— Mamy ?

— Je sais, tu ne veux pas parler de plantes, tu veux des réponses. Mais parfois il faut savoir écouter les paraboles pour comprendre le sens des questions qu'on se pose.

— Assez avec tous tes mystères, s'il te plaît. Réponds-moi simplement. Si je dois aider tous ces gens, qui s'occupera de moi ?

— Toi-même. Toi toute seule, mais avec le bonheur d'offrir et parfois celui de recevoir. Je sais que c'est dur à concevoir, mais n'aie crainte, tu es forte de tes multiples racines, qui plongent dans cet *invisible* qui nous entoure, mais aussi de cette famille spirituelle dont tu fais partie maintenant, cette équipe où tu commences à trouver ton identité.

Hanna se lève et s'installe sur un banc. Je m'allonge à plat ventre dans l'herbe, les mains sous le menton.

— Il y a bien des années, j'ai emprunté le même chemin que toi. Et j'ai posé les mêmes questions à mes aînées.

— Et elles t'ont répondu ?

— Oui.

— Pour la maison, c'est vous qui la faites exister, alors ?

— Oui. Toutes les cinq. D'où certaines différences de style. Tu pourras faire des aménagements, toi aussi. C'est un rêve collectif, issu de goûts individuels. D'autres avant nous lui ont donné bien des formes…

— Mais, techniquement, ça marche comment ?

— Les Pierres Vives, ce que les humains ordinaires voient en cet endroit, c'est un assemblage de mégalithes. Un de ces milliers de dolmens que les premiers *anges métisses* ont érigé tout autour de la planète. Ce ne sont pas des sépultures, comme on le croit généralement, mais des émetteurs. Des émetteurs qui nous relient entre nous, et qui nous permettent de matérialiser nos pensées. La force tellurique unie à la puissance de l'imaginaire. Les images ont évolué, au fil des siècles, mais c'est le même principe.

— Ainsi, chaque dolmen dans le monde cache une maison comme celle-ci ?

— Pas comme celle-ci, sourit Hanna. Pour nous, c'est la plus belle, mais ça n'engage que nous. Tu voudrais y ajouter quelque chose ?

— Une chambre d'enfant, c'est possible ?

Je remarque qu'Hanna se referme un peu, sans cesser de sourire.

— Tout est possible. Mais si tu veux fonder une famille, un jour, ce sera ailleurs. Ce sera une double vie, et ce ne sera pas de tout repos, je te l'assure. Tiens, voilà le ravitaillement.

La 2CV remonte l'allée centrale. Gabrielle revient du village. La voiture contourne la maison pour aller se garer près de la cuisine.

Je cours pour aider à décharger les provisions. Sachets en main, je passe la porte de la cuisine et reconnais du premier coup d'œil les fesses tendues devant le réfrigérateur.

— Mais qu'est-ce que tu fais là ?

— Je m'ennuyais à mourir, dit Laure sans se retourner, rangeant des yaourts. Alors j'ai changé d'avis. De toute façon, j'étais repérée dès le début, elles m'ont dit. Et j'avais tort de me méfier : elles sont comme nous, en fait. Vachement sympas. Quand Gabrielle m'a demandé un coup de main pour faire les courses, j'ai sauté sur l'occase !

Refaisant surface, elle se dirige vers le cellier, satisfaite de son effet.

— Tu devrais te bouger un peu. Et redresse le fromage blanc, Olivia, ça va dégouliner !

Ma surprise laisse vite place au bonheur de la voir évoluer dans mon nouvel univers. Laure dépose une cagette de pêches et passe à nouveau devant moi.

— C'est vrai que le voyage en deuche, c'est aussi un supplice, parce que cette bagnole, c'est pas du luxe niveau banquette ! Au fait, tu sais quoi ? J'ai participé à la pose mentale de la dernière brique de la cuisine.

— Bravo !

— J'aurais dû prendre animisme comme religion, j'ai vu des casseroles molles se resolidifier d'un coup et un vieux téléphone se rematérialiser.

Un vrai miracle !

—Bienvenue au club !

—Ouais, ben ça, j'attends quand même un peu avant de prendre ma carte de membre.

Je murmure à Laure qui me devance de quelques pas.

—Je suis super contente...

—Pas autant que moi, tu peux pas savoir.

—Je ne sais pas, mais je le sens. Et je sens aussi autre chose derrière cette joie.

Laure s'arrête au niveau de la voiture, et se tourne pour me faire face, muette.

—Je te parle de ton secret, Laure. Tu ne m'en as rien dit, alors je ne suis pas au courant officiellement... mais je le ressens.

Je vois que Laure essaye de contenir du mieux qu'elle peut ses larmes, puis elle reprend instinctivement ses défenses joyeuses.

—Allez, on remballe les violons : elles nous attendent pour manger. En plus, faut prendre des forces, parce qu'avec ce qu'elles t'ont préparé, y a surplus d'activités, ce soir ! Mais tiens bon : j'suis là.

Et nous gagnons la table, main dans la main.

Chacune raconte gaiement les anecdotes de la matinée. Ève justifie la présence de Laure parmi nous en affirmant que jamais, sous son toit, elle ne laisserait quelqu'un mourir de faim.

—Question, intervient Laure. Pourquoi vous allez acheter la bouffe au lieu de la matérialiser ?

Ève pousse un soupir à fendre l'âme :

—Si tu savais les horreurs qu'elles cuisinent dans leur tête... Ni bon ni bio, et beaucoup trop maigre. J'aime le concret, moi !

À la fin du repas, Hanna se lève et me demande de la suivre.

Laure les regarde s'éloigner, se mordant les lèvres.

—Elles vont où ?

—Ne t'inquiète pas comme ça pour Olivia, lui souffle Myriam en l'enveloppant de ses bras malingres.

—Je m'inquiète pas, j'aimerais y aller aussi.

—Tu es une drôle de petite, toi, tu sais ? lui envoie Ève en lui ébouriffant la tignasse de sa grosse main.

—Je ne sais pas ce qu'on va faire de toi, s'interroge Myriam.

—On la garde ! lance Gabrielle. En *auditeur libre* ! Pas d'objection ?

La décision de rester ou de partir n'appartient qu'à l'intéressée. Elle seule détient la liberté de faire ce choix.

Laure les observe toutes les trois, intensément. D'après les spécialistes, il lui reste au mieux quelques mois, au pire quelques semaines à vivre, alors pourquoi ne pas s'attarder dans cette famille entre deux mondes ?

—Au fait, c'est quelle juridiction du Ciel, ici ? Faut évangéliser la contrée, recruter des renforts ? J'peux peut-être vous aider, parce que je suis une pro, question formation. Dans ma branche, bien sûr. Mais je veux bien m'adapter.

*

Une robe blanche est posée sur mon lit. Je l'enfile, et me regarde dans le miroir. Elle est simple et sobre, un peu trop lumineuse pour être tout à fait réelle, peut-être. Une nostalgie immense m'envahit soudain. Certainement la nostalgie de tout ce qui est purement humain. Laure fait son apparition dans l'encadrement de la porte.

— C'est bon, c'est pour maintenant le voyage inter-cosmique ? Ben quoi ? T'as l'air toute chose !

— Heu...

— Heu... rien du tout ! Tu vas te faire enchanter et c'est tout ! Et si t'as peur, tu demandes l'option réversible, comme ça tu reviens me voir quand tu veux ! Y a certainement des contrats d'intermittents, chez les demi-anges !

— Je n'ai pas peur, Laure.

— Alors, ça va...

Et sa voix se module d'une touche d'appréhension :

— ... mais tu m'oublieras pas, moi ? Tu me lâcheras pas, hein ?

— À une seule condition.

— Ça joue à ce jeu-là, les anges intérimaires ? Laquelle ?

— Que tu me parles du mal qui te tourmente.

Laure semble désarçonnée. Elle détourne la tête. Gêne d'avoir menti par omission ? Peur de l'apitoiement qui renforce une réalité qu'elle tente de nier ?

— Comment tu sais ?

— Juste en te regardant, en lisant ton esprit.

La tristesse s'empare d'elle. Alors je la prends dans mes bras.

—Je n'ai jamais vu une personne courir aussi vite que toi, Laure ! Lorsque tu cours, tu ne regardes jamais derrière. À quoi essaies-tu d'échapper ? Tu ne cherches pas à fuir ta famille, c'est déjà fait. Pas ton job, tu t'éclates dedans. Pas moi, parce que je crois que tu m'aimes bien. Pas ton mec, tu n'en as pas. Et pas toi, parce que tu es la nature la plus optimiste que je connaisse. Alors…

Laure me coupe brusquement.

—Alors je fuis cette putain de maladie !

—Il ne faut pas la fuir, il faut la regarder en face et dialoguer avec elle. C'est le courage qui est le meilleur remède et, toi, tu n'as jamais baissé les bras.

Laure plante ses yeux dans les miens. Son regard est devenu dur, comme pour me dire que cette chose est tabou. Qu'elle préfère pétiller dans l'art du faux-semblant, plutôt que se dissoudre dans la confidence.

Et ce silence referme l'épisode.

—Sympa, ta robe !

—Tu as raison, je l'adore !

—Heu… Olivia, je plaisante, t'as vu ce truc ! Elle est carrément démodée, mal foutue, ridicule.

—Chacune la voit comme elle veut.

J'attache mes cheveux avec une épingle, prends le Cahier qui m'attend sur le bureau et m'en vais dans un froissement de robe. Laure me rattrape sur le palier.

—Au fait, je peux venir ?

Treizième nuit

Au loin, une lumière scintille. Nous traversons le parc. Je prends le temps de respirer le parfum de cette nuit après laquelle, sans doute, rien ne sera plus pareil pour moi. Ce soir, je vais devenir quelqu'un d'autre. Non, je vais enfin devenir ce que je suis depuis ma naissance, sans m'en souvenir. Je vais enfin valider ce qui est programmé en moi. Je regarde Laure : elle est solennelle, sérieuse, absorbée. Je ne l'ai jamais vue comme ça. Et je la sens forte. Elle prend ma main dans la sienne :

— Au fait, merci. Parce que tout ça a donné un sens à ma vie, comme tu peux pas l'imaginer.

Nous nous arrêtons à quelques pas du dôme. Des bougies brûlent à l'intérieur, le lierre forme un ciel de végétation où les étoiles laissent filtrer des rais de lumière. Des volutes d'encens dansent dans l'atmosphère.

Je pousse la porte d'entrée et, avec une certaine anxiété, pénètre dans la pièce. Il y fait bon. Les visages se tournent vers moi. Toutes ont revêtu une robe identique à la mienne. Autour de leur cou, pend un cercle d'argent enchâssant une coupe d'ambre et de diamant. Leurs visages resplendissent comme du cristal.

Ève avance vers moi, me prend la main et m'accompagne au centre de la pièce :

— Nous te souhaitons la bienvenue parmi nous, dans le *Premier Ciel*.

Je ne réponds rien et me laisse guider.

Myriam se rapproche de Laure, qui se tient sur le seuil :

—Tu ne peux pas l'accompagner plus loin... Pour le moment.

—Pas de problème, j'attends dehors.

Laure me regarde. Peut-être ne va-t-elle plus me reconnaître dans quelques heures ? Avant de se retirer, elle lance à l'assemblée :

—Vous êtes sûres de votre coup ? Elles sont fiables, vos chansons ? Parce que ma copine, j'y tiens plus que tout. Elle est sacrée, O.K. ?

Myriam repousse délicatement la porte de verre.

Je m'assieds sur la chaise, face au banc en arc de cercle où Ève prend place. Myriam allume un grand cierge avant de la rejoindre. C'est au tour d'Hanna de s'installer au centre du banc. Puis vient Gabrielle. Elle tient une rose blanche dans les mains, et porte sur son visage une expression d'ampleur et de maturité que je ne lui connais pas. Une place reste vide, à sa droite.

—Tes pas t'ont enfin menée jusqu'à nous et nous te remercions du courage dont tu as fait preuve pour parcourir ce chemin, entame Ève.

Myriam se redresse et s'éclaircit la voix :

—La liberté n'est jamais acquise, il faut la conquérir. Alors nous t'avons laissée gagner *ta* liberté, celle de venir ou non jusqu'au seuil de cet instant. Maintenant, il te reste un choix à faire. Tu peux nous suivre ou continuer, comme avant, mais en toute connaissance de cause, ta partition dans le monde. Toi seule peux décider. Et nous accepterons ta décision, quelle qu'elle soit, parce que nous savons que tu portes déjà la bonté et l'amour en toi. Avec ces armes, tu seras forte pour ceux qui faibliront, confiante lorsque l'angoissé se présentera à toi, lucide lorsque la confusion régnera alentour. Tu peux continuer d'agir pour notre cause sans le pouvoir que nous t'offrons, sans les responsabilités qui t'attendent. À toi de choisir.

J'écoute attentivement, mais ne peux retenir une bouffée de raison impartiale. Qu'est-ce que je fais là, livrée aux délires de ces illuminées, dans un lieu qui fait semblant d'exister ?

—Détache-toi de cette réalité, murmure Hanna.

Les mots prononcés comme une formule magique font disparaître les murs. Je regarde tout autour de moi et ne vois plus que la nuit, sans arbres ni étoiles. Dans cette magie, j'entends Hanna continuer :

—Tu fais partie de nous. N'aie pas peur de ce que tu es. Tant de gens ont besoin de toi. Ils traversent leur existence dans une sorte d'hallucination consciente, qui les détache de leur réalité, par peur d'entrevoir la *Vérité*, hallucination qui leur fait chercher l'amour au mauvais endroit et les condamne à une attente solitaire.

—Connais-tu l'histoire de l'homme qui a perdu ses lunettes, une nuit, dans la rue ? me demande Gabrielle. Il les cherche à la lumière d'un réverbère. Quelqu'un lui demande ce qu'il fait. Et l'homme répond qu'il cherche ses lunettes. Alors l'autre lui demande s'il les a perdues ici même. L'homme redresse la tête et répond que non, mais ici, il y a de la lumière. Les humains sont ainsi, ils cherchent là où c'est facile et… ils ont peur du noir.

— Nous, nous sommes là pour leur montrer qu'il faut oser exister, réellement, c'est-à-dire donner vie aux rêves, donner pouvoir à l'amour. Il y a tant de choses dont ils attendent la venue avec impatience en gâchant les moments présents. Nous, nous sommes là pour leur apprendre que le temps est sans importance, que seule la vie importe et que leurs réponses se trouvent en eux-mêmes. Nous, telles que tu nous vois, nous sommes plusieurs esprits, mais nous n'en formons qu'un, de par notre essence même. Nos pensées et nos mots s'unissent pour former le *Verbe* qui recrée le monde à chaque instant. Alors écoute, parce que le monde est un langage pour ceux qui savent le comprendre. Si tu entends, tu sauras. Ce soir, tout vient à toi. Ce soir t'appartient. Tu es libre, tu es toi, et tu es nous, conclut Hanna.

Je serre un peu plus fort le Cahier posé sur mes genoux. Ève le fixe.

— Si tu l'ouvres à présent devant nous, sache que toute ton histoire restera derrière toi. Tu n'en garderas que la saveur des émotions. Ton passé d'amoureuse déçue n'aura été qu'un trait d'union, et la peur de le perdre s'évanouira. Ton histoire ira rejoindre notre mémoire collective... Cette longue chaîne de phrases libératoires qui constitue, de siècle en siècle, la *Confession des anges*.

Je regarde mon Cahier, et l'ouvre. Toutes les pages sont remplies, mes mots sont réapparus. À haute voix, le cœur en suspens, je commence à lire les émotions que j'ai transcrites durant ces derniers jours, afin qu'elles acquièrent leur propre existence vibratoire, et se détachent du réel qui les a inspirées.

Solitude. La plus grande des misères. Pourtant, j'arrive à traverser cette vie qui ne m'a jamais épargnée. Pourtant, chaque matin, mon cœur s'emplit de joie, de cette joie éphémère d'un matin de plus, où l'espoir illusoire permet de se tenir debout.

J'avance, mue par cette incroyable puissance que peut développer un être humain qui veut croire, malgré tout, que les rêves ne sont pas morts.

L'absence, le vide, le manque.

Ne faut-il pas se résoudre à partager, ne serait-ce qu'un tout petit peu, plutôt que se morfondre dans cette mélancolie complaisante ? Cet autre, celui qui touchera mon âme juste en m'effleurant de son regard, ne trouvera peut-être jamais son chemin, si je n'ouvre pas la porte.

Encore un matin qui ressemble à tous les précédents. Je me lève quand même. Être debout, c'est peut-être la seule chose que je sache faire. L'espoir me quitte à petits pas, sans bruit. Tous ces figurants qui m'entourent et m'enrobent de leur bon sens, je les regarde, ils me parlent, me convertissent peu à peu. Me raisonnent. « Sors, vois des gens, trouve un homme ». Alors je me laisse ensevelir sous leurs paroles. Peut-être n'ai-je plus assez de volonté pour me débattre ?

J'essaie. Les jours s'égrènent, les matins aussi, tous identiques, alors qu'on me prédisait un lever de couleurs. Je dois faire peur, comme la lune. Astre lumineux, seul dans le noir, qui attire et angoisse à la fois. Les épreuves subies doivent se lire sur mon visage, comme des cratères.

Pourtant tout est en ordre logique pour cette petite vie qu'on me prépare. Enfin mes amis vont pouvoir souffler, ils ont raisonné la résistante au mariage convenu, en m'imposant leur schéma de vie : je ne poserai plus de problème. Peur que je les contamine ? Que ma solitude affichée ne mette en évidence leurs concessions de couples ? C'est pour ça qu'ils veulent tant me « caser » ?

Il fait sombre dans cette pièce, la musique est forte, un peu trop. Les gens dansent. J'observe. Je fais quoi ici, moi ? Comment se résigner à ce point et nier ses aspirations les plus profondes ? Je dois partir ! Je veux courir, je veux respirer l'air du dehors ! Mon esprit s'emballe, je deviens claustro. Ils sont tous pleins d'attentions, mais je ne peux pas mentir, je ne veux pas vivre comme eux. C'est plus fort que moi. Je me retourne, cache mes yeux qui reflètent un taux d'alcoolémie que tout le monde prend pour de la gaieté conviviale.

Soudain tout s'évanouit. Il n'y a plus de musique, il n'y a plus les autres, il n'y a plus qu'un regard planté dans le mien. Mes jambes se dérobent, mon cœur explose ! Mais est-ce l'émotion, la joie, la peur, l'incompréhension ? Je ne sais plus. Mon ventre se noue et son parfum m'enlace au son de sa voix. « Bonsoir, je m'appelle Alexandre ». Une voix inconnue que j'entends depuis toujours.

Combat sans merci. Ma raison lutte sans prise. Tout tourne autour de moi. Je zappe les mises en garde intérieures, les mots ambiants. Les siens, je les entends.

La lutte continue, sans trêve. Je voudrais aller m'allonger, mais mon cœur ne veut pas le quitter. Les minutes défilent à nouveau, trop vite.

Drôle de sensation. Celle d'être venue pour rentrer dans le rang et d'être sauvée à la dernière seconde par la plus belle émotion de ma vie. Tout bascule et je me laisse enivrer. J'aime cela. Adieu raison ! Et tant mieux, tu me tenais si froid.

Je me sens nue de l'intérieur, déjà offerte, déjà acquise. Il le sent, il le sait, il paraît aussi vacillant que moi. On échange nos numéros et on se dit à peine au revoir, devant les autres. Déjà clandestins avant d'être intimes.

Comment ai-je pu ne plus croire à l'impossible ?

Il se dévoile, je le fixe. Je me livre, il m'accueille. Évidence. Plénitude d'un moment volé aux autres, qu'en cet instant nous remercions secrètement de nous avoir meurtris pour nous rendre ainsi l'un à l'autre, tels que nous sommes, vulnérables et indemnes face à l'amour qui naît. Grâce à eux, nous nous reconnaissons.

Pourquoi faut-il que, en cet instant de bonheur, les craintes envahissent toujours l'esprit ? Pour mieux brouiller le cœur et l'instinct ? Cette peur me tient pour mieux me troubler : « Souviens-toi ! Plus d'erreur ! Attention à toi ! Tu as épuisé ton capital souffrance. » Mais tout cela je le sais, je veux juste qu'on laisse mon besoin d'amour s'exprimer et mon âme se poser. Que cet homme m'apprenne enfin à recevoir et à goûter chaque instant, chaque mot, chaque geste.

Je veux croire encore aux miracles. Je veux croire qu'on finit par récolter ce qu'on sème.

Mais l'ai-je mérité ? Oui, son cœur résonne dans le mien ; son âme vibre comme la mienne et cela est une certitude, tellement cet accord dérange déjà les gens qui nous entourent. Cet amour naissant, ou peut-être venu d'un autre temps, fait repousser nos ailes brûlées par tous ceux qui n'ont pas su nous recevoir.

Je serre mon corps contre le sien. Sa main réchauffe la mienne, mais la pudeur d'un premier moment se glisse entre nous. Les lumières de Paris défilent, les rues sont vides. Juste nous. J'aime cette nuit plus que toutes les autres.

Nos regards s'unissent une dernière fois avant que nos paupières se ferment pour mieux conserver chaque couleur, chaque parfum de cette première rencontre, juste pour nous. Je le vois s'éloigner. Pourquoi attendre, différer ? Pourquoi ne pas brûler les étapes ? Une folle envie me prend de me jeter dans ses bras pour ne plus me détacher. Mais tout doit être en ordre de gourmandise, un plaisir après l'autre, et l'attente au milieu pour mieux les savourer. Alors je me retiens, et mes yeux conservent ces si belles images...

*

La lune est haute. La lune est pleine.

À califourchon sur une branche, Laure essaie vainement d'entendre ce qui se passe à l'intérieur de la verrière embuée, où elle ne distingue plus rien.

Joseph apparaît au bas de l'arbre. Laure se redresse brusquement et, d'un saut, rejoint la terre ferme.

— Bonsoir, jeune fille.

— Vous êtes en retard, ça a déjà commencé ! Au fait, vous êtes qui, vous ?

—Joseph.

—Oui, mais à part ça, vous êtes magique, comme les autres ?

—Non, je suis un homme normal.

—Ouais, c'est ça, on me l'a déjà faite, celle-là.

—Non, non, je suis tout à fait normal, je te le certifie.

—Bon, admettons. Et si vous n'êtes pas un mutant, c'est quoi votre job, alors ?

—Gardien. Je fais partie de leur intendance.

—Un G.O. T'encadres, quoi !

—En quelque sorte.

—Et Gérard, il fait quoi, lui ?

—Il conduit.

—Un peu vaseuse, ton explication, mais bon. Dis-moi plutôt pourquoi on n'est nulle part, ici ?

—Ce n'est pas nulle part.

—Ben, j'ai lu les papiers du cadastre et c'était bien expliqué qu'ici ça n'existe pas ! Gabrielle m'a raconté que c'était un hologramme. Je l'ai crue sur le moment, mais ça ne tient pas debout. Il est où, le laser pour fabriquer l'hologramme ?

—C'est le mégalithe. Le dolmen qui se trouve à la place de ce dôme en verre, dans la réalité des autres. Ce n'est pas vraiment un laser, d'ailleurs. C'est un ampli.

—Qui amplifie quoi ? Des illusions ? On est shootés par des ondes, c'est ça ?

—Ce lieu est réel, Laure, mais dans la réalité des anges. Ils peuvent influencer ce qui les entoure et ensemble créer une même réalité.

—Mais moi, je le vois ce dôme, je la vois cette baraque, et j'suis pas un ange !

—Nous possédons tous une imagination, une capacité à créer, dans notre esprit, quelque chose qui dépasse la réalité présente. Toi, tu es reliée à la réalité d'Olivia.

—Et comme elle est au régime, ça fait disparaître la cuisine, c'est ça ?

—La maison existe grâce au rêve collectif des cinq anges, les cinq éléments de la conscience créative. Si elles ne sont pas le bon nombre, leur création se dématérialise petit à petit. Cela provoque des failles, des brisures, des absences.

—Il faut être sacrément balèze en physique, chez vous ! Et l'ordinateur, si tout se crée dans leur tête, il sert à quoi ?

—Les points lumineux indiquent l'emplacement des autres *postes de mémoire*.

—Y a plusieurs bases secrètes ?

—Bien sûr, et toutes les bibliothèques forment la *Mémoire des anges*.

—Mais ça sert à quoi, si les simples mortels peuvent pas consulter ?

—Ces bibliothèques sont là pour recueillir et fixer les émotions. Mises en phase, elles constituent un émetteur pour diffuser ce savoir vers d'autres dimensions.

—De quelles dimensions tu parles ?

—Celles d'au-dessus, ou d'à côté, comme tu veux.

—Et les chiffres qu'on voit sur l'écran, c'est le nombre d'émotions enregistrées ?

—Ah, ça... euh... Eh bien, non.

Joseph semble très gêné, mais il enchaîne rapidement. Peut-être que tous ces secrets révélés, ces explications peuvent donner assez d'émerveillement et de curiosité à Laure pour vaincre sa maladie :

— C'est un petit jeu qu'on leur laisse faire entre eux. Ils s'attribuent des points en fonction des missions remplies. Les anges terrestres demeurent des êtres humains, par bien des aspects, et il est bon qu'ils gardent un esprit de compétition. Ça les motive.

— Ils se font la guerre des B.A.! Le Guinness de Détresse Assistance !

Il sourit. Laure perd un peu de son aplomb, une autre question lui brûle les lèvres. Joseph observe ce changement sur son visage.

— Tu sais ce qu'il y a de l'autre côté ? demande-t-elle, gravement.

— Oui et non. N'aie pas peur, tout ira bien pour toi. Si tu te bats, tu peux maîtriser et annuler ta... Enfin, tout dépend de toi.

— Ah, bon. Tout le Vaucluse est au courant, à ce que je vois.

Joseph se rapproche de Laure, l'espoir en ébullition. Elle baisse la tête et regarde ses baskets un instant, le temps pour lui de la prendre par les épaules.

— Tu as les moyens de survivre, Laure.

— Je suis si fatiguée. J'ai encore des projets plein mes rêves, mais je crois que... ça restera des rêves.

Laure n'avait plus de carapace, elle déposait les armes, et Joseph le sentait. Elle désigne du doigt le dôme aux vitres devenues opaques.

— Et sa vie, à Olivia, ça sera quoi, maintenant ?

— Elle sera ici et ailleurs. Partout à la fois. Mais avant ça, il faut qu'une partie d'elle meure pour renaître.

À ces mots, Laure s'affole, plaque les mains contre les parois de la verrière, en essayant de distinguer l'intérieur.

— Ne t'inquiète pas, elles ne lui font rien. Olivia est seule face à elle-même, c'est tout.

*

Je n'étais qu'un papillon qui cherchait à se poser pour redevenir chenille, et se retransformer en papillon heureux, neuf et libre d'aimer…

Mais la vie en a décidé autrement.

Les jours passent. Tu me rassures sur ce ton si peu sûr d'un homme traqué par un émoi qu'il ne connaît pas. Tu me demandes du temps pour faire le point, décanter, prendre du recul. Et je me laisse glisser dans cette torpeur. La chair à vif, je veux avoir confiance.

Es-tu vraiment bouleversé, dépassé par ce que tu éprouves, ou n'est-ce qu'une hypocrisie courtoise ?

Angoisse d'être abandonnée, peur d'être humiliée, crainte d'être abîmée… Mon doute persiste. T'ai-je déçu ? Culpabilité que je déteste et qui me laisse choir sur ce trottoir, celui qui raconte « c'est fini » dans l'histoire.

Tes mots perdent leur sens et se diluent dans ce silence que tu m'imposes, et qui flanque un grand coup de manque.

Tu ne m'as jamais dit ce que tu éprouvais pour moi. Juste des demi-mots, des moitiés de souffles. Peut-être est-ce la réponse à toutes mes questions, d'ailleurs. J'ai pensé que tu étais différent, que ton regard était sincère, que tes mots, même rares, traduisaient de vrais sentiments.

Tu me connais mieux que certains. Mes joies, mes espérances, mes passions, mon passé, mes faiblesses, ma fragilité. Je t'ai donné les clés de mon âme avec confiance, tellement tu étais une évidence.

Mais notre couple a toujours manqué de « nous ». Toi, perdu sur une route où tu ne voyais pas l'horizon. Moi, perdue dans un film dont je n'avais pas le scénario.

Avec le temps, la distance se fait. Alors la solitude est une tentation. Je le savais. C'est déjà si compliqué de mettre un pied devant l'autre, alors quatre ! Peur du croche-patte ? Je te rassure, moi aussi, je l'ai éprouvée. Mais l'isolement est une hypocrisie de la vie. Il ne sert qu'à se cacher un peu plus. Un peu plus longtemps. Un peu plus loin.

Tout est compliqué, il faut nous conjuguer au passé. En fait, tu as déjà rencontré une femme qui t'apporte autant, sans te demander trop. La peur de me faire du mal en me quittant un jour te conseille de me quitter tout de suite, dans mon intérêt. Tu me le dis.

Assenée comme un coup de poignard, cette vérité tranchante me fait chanceler. Un vide s'ouvre en moi, comme si mes entrailles s'évaporaient. Puis la colère monte. Une colère asthmatique, de celles qui naissent de la trahison avouée.

Tu es un homme honnête, je suis une femme brisée. Et je vois la pitié dans tes yeux. Mon alliée n'est plus que cette pitié, et ma passion le chatoiement de ta compassion. Alors je te quitte, parce que je t'aime et que je ne comprends pas ce que tu veux !

Le temps se suspend.

Tu ne t'attendais pas à ça, malgré toi. Quelques secondes pour ne pas comprendre, simplement recevoir ma certitude consommée, celle qui te frappe sans préavis. Quelques secondes pour que j'endosse cette protection frondeuse et préventive.

Très vite ton assurance revient. Tu te campes dans une fierté déguisée accordée à la situation, fausse parce que tu es déstabilisé. Et nos nudités se transforment en obscénité ridicule. J'égrène mes mots avec la force d'une condamnée, tu te redresses avec celle de l'homme soulagé.

Alors, suis ton chemin, consomme sans t'engager, détruis pour faire du neuf. Va, et surtout ne te retourne pas pour te dire que tu as eu tort. Tu penses que j'ai rencontré quelqu'un d'autre, alors que je ne t'ai pas trouvé, tout simplement.

Désormais, je ne t'en veux plus. Non seulement je te pardonne, mais je te remercie de toi, de notre rencontre, de ton départ, de ma brisure et de ma réconciliation. Et même de ce faux retour d'hier soir, où tu n'étais plus toi-même, et où j'étais déjà une autre.

Tout ce bonheur que tu m'as donné, de manière si fugace, à présent je le ranime, je le garde et je le recycle. Je me purifie du mal que tu m'as fait, du mal que je t'ai souhaité, afin que ce bonheur redevienne ma force.

Dans ce Cahier, je dépose tout, le beau et le moche, le douloureux et le sublime, comme l'abeille rapporte son butin à la ruche.

Comme un sceau, j'appose ces derniers mots pour refermer et faire vivre au passé cette histoire qui meurt de ne pas avoir eu le temps de s'épanouir.

Ta page s'est tournée, Alexandre, mais tu restes dans mon livre. Sache que je ne regrette rien, que je suis heureuse de t'avoir connu et que seule ta part de lumière subsistera en moi, pour t'éclairer à distance.

Ton chagrin ne me corrompt plus l'âme ; il m'a renforcée. Mon éloignement t'a rendu humain, petit, fragile, indécent. En te pleurant, je me suis mise en attente du bonheur à venir. Je suis heureuse d'avoir été malheureuse de toi. J'ai grandi.

Je te dis au revoir, mon Alexandre. Que ta route soit belle, et qu'elle crée si possible du bonheur autour de toi.

Merci de m'avoir faite celle que je suis aujourd'hui, merci de m'avoir inspiré l'amour que d'autres à présent réclament.

Premier Chronosange

Je referme mon Cahier avec un mélange d'exultation et d'humilité.

—Voilà, j'ai déposé cette vie, et déjà je l'oublie.

—Tu as réussi. Tu as vaincu cette blessure de l'ego. Tes mots sont la semence de ton changement.

Mon regard croise celui de Gabrielle, où brillent les mêmes larmes. Hanna se lève.

—Devenir un ange, c'est dépolluer l'amour de tout sentiment de possession, de jalousie, d'abandon, de rancœur et d'amertume. C'est développer le pouvoir d'aimer sans retour, de manière inconditionnelle mais lucide. Tu as encore trente secondes pour renoncer, et continuer une vie normale en retrouvant tes peines de cœur, tes rêves déçus, tes espoirs de victime, tes revanches méritées. Décide.

—J'ai décidé.

Je me lève à mon tour, regarde droit devant moi, le front haut, parcours les quelques mètres qui me séparent du banc, et m'assieds à la place libre, à droite du demi-cercle.

Paola se matérialise alors en face de moi et me tend son pendentif aux filaments iridescents.

—Ce Cahier vient de t'ouvrir le *chemin*. Tu es mon relais. À toi de jouer.

Et dans la clarté nébuleuse qui jaillit du bijou, je vois ma mère.

Depuis sa transition dans la *Première Éternité*, Catherine avait compris qu'elle n'avait pas su donner, qu'elle avait oublié l'enjeu de toute existence : la recréation constante du monde par l'amour. Elle n'avait pas pu être aidée dans son passage sur terre parce qu'elle avait refusé le pardon. Aujourd'hui, s'offrait à elle l'accès à toutes les miséricordes, à toutes les réconciliations. Le pardon qu'Olivia accordait à Alexandre l'envahissait par résonance, et ouvrait les yeux de son âme.

Maman me sourit.

—Regarde, mon enfant, je ne suis plus seule, grâce à toi.

—Je suis heureuse, maman.

Soudain, mon père apparaît dans un halo troublant de grâce, à côté d'elle.

—Ma fille, en me séparant si brusquement de toi, j'ai quitté un purgatoire pour rejoindre un enfer. Mais c'est fini, maintenant, grâce à toi. J'espère que tu me pardonnes pour tout ce que je n'ai pas fait. J'ai péché par mon absence et mon indécision, mes devoirs et ma lâcheté. J'ai péché en manquant de parole à l'amour. Pardonne-moi. Je t'aime comme tu mérites de l'être, je t'aime pour l'éternité. Maintenant, tu es liée à l'infini de ton potentiel, et non aux limites de ta mémoire. Et je remercie Dieu de m'avoir fait l'honneur de tutoyer un ange.

Papa tend le bras, saisit la main de maman et, dans ce mouvement d'union, ils disparaissent au cœur de la lumière. Ensemble.

Subitement happée, je me retrouve dans la Salle des Mémoires.

—Dépose ta vie, susurre Hanna, et ainsi tu réactiveras l'ange qui sommeille en toi, et à qui tu as renoncé depuis si longtemps pour te réchauffer dans le cocon d'une victime terrestre. Tout ce qui nous arrive survient par notre résignation, notre consentement ou notre volonté. Aujourd'hui, tu es capable de choisir parce que tu as eu la force de te dire crûment que ta vie est entre *tes* mains. Dépose-la et reviens à nous.

Je tends le bras et laisse mon Cahier s'envoler lentement vers un emplacement libre. Il se glisse entre les autres et devient lumière.

—Bienvenue, murmurent Hanna, Ève, Myriam et Gabrielle, d'une voix unique.

Première mission

Je me réveille en sursaut, mes draps sont trempés de sueur. Je saute du lit, dévale l'escalier, sors précipitamment et traverse la grande pelouse en courant.

— Non !!!

Je pénètre dans la verrière et mon corps se dématérialise instantanément pour réapparaître à l'hôpital.

Dans ma main, il y a celle de Laure, petite chose dans une chemise de nuit « Assistance Publique ».

— Pardon. Je n'ai pas pu venir avant.

— Maintenant, tu es là. Tu viens faire ton travail en t'assurant que je *parte* bien : je suis ta mission ?

— Non, tu es mon amie, Laure.

— Alors, comment on se dit au revoir, entre amies ?

— Ce n'est peut-être pas la peine de se le dire.

— Puisque c'est mon dernier tour de piste, puisque j'ai plus de futur à part là-bas, dis-moi si je dois avoir peur de quelque chose ?

— Aucune crainte. Tu as mené une vie de premier ordre, et ce qu'on fait sur terre résonne dans l'éternité. Alors la vie éternelle s'offre à toi. Mais si tu as peur, rassemble les joies de ton passage ici, et emporte-les avec toi.

Laure fait l'inventaire de ses bonheurs. Et finalement, ils ont été nombreux, ces moments-là. En tout cas, juste assez pour équilibrer le poids du renoncement. Elle a vécu, comme beaucoup, avec l'illusion d'avoir le temps, de flâner, de réfléchir, de voir venir, et… tout passe si vite. Il n'y a pas de prolongations. Sauf peut-être par les souvenirs, ceux qu'on laisse en cadeau aux gens qui restent, ceux qu'on emmène avec soi. Mais ça, Laure ne pourra le confirmer qu'*après*. Elle dit d'une voix étrange :

— Pourquoi on se souvient mieux du passé que de l'avenir ?

— Certainement parce que le présent s'inscrit dans le passé. Et dans le passé, il y a l'avenir, mais ça on ne le sait pas.

— Et si je n'arrivais pas à partir comme il faut ? J'ai tellement une mauvaise donne de départ, moi… et j'ai peur d'être seule.

— S'il y a des anges terrestres, il y en a aussi au Ciel. Forcément. Alors, tu ne seras jamais seule.

— Mais qu'est-ce que tu vas faire sans moi ?

— Je ferai tout *avec* toi.

Comme tout au long de sa vie, Laure réussit à inverser les rôles dans une ultime révérence d'humour. Elle pose une main sur mon ventre, avec un dernier sourire complice.

— C'est con, si j'avais été un mec, j't'aurais laissé un souvenir.

À bout de fatigue, elle ferme les yeux, un mélange d'angoisse et de réconfort étalé sur ses lèvres closes. La chaleur en elle s'éclipse, elle renonce enfin au courage qui fut sa dernière résistance.

Le 28 décembre, Laure s'éteint à l'hôpital Saint-Antoine. Sans mal, sans peur. Son ange ne lui a jamais lâché la main.

Un chant monte au ciel et, dans la caresse du vent, Laure emprunte le tunnel de lumière, droit comme le tracé sans détours de sa vie sur terre.

Première Éternité

Un peu plus haut, au-delà des nuages, une vibration trépide :

—Bon, alors maintenant à qui je m'adresse pour les ailes, les plumes, les cours de lévitation, les plans de vol ? Et pour le service informatique, je peux aussi aider, c'est dans quelle direction ? Au fait, on m'a pas dit, mais maintenant, la marque du pedigree sur l'ongle ou dans le cou, j'peux l'avoir aussi ?

L'archange lève les yeux au-delà du ciel. Il file dans les airs pour échapper à ce harcèlement vibratoire qui fait friture sur sa ligne de Force. Mais le grésillement reprend :

—Te sauve pas comme ça ! À propos, vous m'avez pas dit, j'ai un logement de fonction ou je dois me le construire par la pensée ? J'ai carte blanche, niveau architecture ? Parce que je vous préviens : j'suis pas vraiment classique. Et pour manger, je fais quoi ? Je me concentre et c'est devant moi ? J'ose pas vous demander si, pour les mecs, ça marche pareil ?...

L'archange pousse un soupir à fendre les âmes :

—Pourquoi faut-il que ça tombe toujours sur moi, des stagiaires pareilles ?

—T'inquiète... Au fait, c'est quoi ton nom, si on doit bosser en binôme ?

Sans répondre, l'ange se promet d'accélérer la formation de Laure, afin de la renvoyer très vite en bas comme futur ange intérimaire. Un rapide calcul intégrant le temps terrestre lui fait entrevoir une possibilité qu'il entérine aussitôt : Laure se programmera comme l'enfant qu'Olivia, durant l'une de ses « permissions », concevra avec un homme qui n'a pas besoin d'ange. Ainsi les deux amies seront à nouveau unies pour le meilleur et pour le pire. Peut-être même la nouvelle Laure arrivera-t-elle à « maturité » pour remplacer Gabrielle, le jour de son départ…

Mais cela, c'est une autre histoire. Et pour en arriver là, il va falloir fournir un sacré travail, dans les laboratoires du rêve où se fabrique la réalité.

Table

Dans la même collection

Le Bureau des chagrins d'amour, Rica Etienne
Sens interdit, Bruno Vinay
Les morts le diront, Christophe Garda
Les Œillets jaunes, Véronique El Baze

Direction : Pierre-Olivier Bonfillon
Direction éditoriale : Françoise Kerlo
Directrice de collections : Caroline Tancrède
Édition et correction : Sylvie Roussel
Studio de fabrication : Flora Bellanger
Maquette couverture : Frank Sérac
Mise en page : Studio Ben

ISBN : 978-2-8104-0201-4
Dépôt légal : novembre 2011 — N° d'impression : 74791
Achevé d'imprimer par : CPI Aubin Imprimeur (France)